從死囚到鄉紳

游國龍、張廷浩——著

名人推薦

游茂林先生簡直是現代水滸傳中的人物，重義氣，為朋友兩肋插刀，是真正的豪俠。

立法委員 李鴻鈞

游茂林的人生不可複製，台灣也許會再出現一個王永慶，但不會再出現一個游茂林。

立法委員 吳育昇

如果說有一本書可以給受刑人，以及社會成功人士同時帶來啟發的話，那無疑是《從死囚到鄉紳》。作者深刻地描述了游茂林先生從「死囚」到「鄉紳」的心境轉變，以及取得成功的道路，可以讓我們重新對所謂的「是」與「非」、「善」與「惡」等價值判斷進行審視。

前台北縣議員、泰山鄉長　黃中興

游茂林先生熱善好施，在地方上做了許多好事，若不是看過此書，萬萬想不到他奇異多彩的人生。

前泰山鄉長　李騰輝

游茂林先生重義氣，對朋友真誠，好打抱不平，其俠義心腸令人佩服。

立法委員　吳秉叡

名人推薦

序

台灣光復初期，民生凋敝，物質缺乏，農業社會就業困難，雖勞碌終日，尚難溫飽，一般大家庭子女眾多，能平安長大已屬萬幸。正如俗話所說：「日頭赤焱焱，隨人顧性命」。

在威權統治下，司法不公，正義蕩然，再加上奸人當道，省籍情結優越感作祟，讓人敢怒不敢言。游茂林先生年少輕狂，受教不多，叛逆性強。在此環境下長大，為求伸張正義，只好比拳頭大小，為此傷及無辜，讓其愧疚終生。

受了十八年牢獄之災，為彌補無知罪過，在賢妻的鼓勵下，重新做人。不受黑社會暴力的慫恿，走正道自食其力。平時熱心公益，幫人排難解紛爭，關心地方發展，重視教育，樂善好施。其大起大落，善惡分明，拿得起放得下，勇於認錯，迷途知返的一生經歷，堪為當下徘徊流連法律邊緣青少年的最好表率。

天下無難事，只怕有心人。希望這本著作的出刊，能為台灣社會帶來正面的教育意義。「歹路不要走，回頭是岸，悔來晚矣，枉費此生。」

前台北縣議員、泰山鄉長　黃中興

目次

序章

「黑狗林，不要跑！」

「停下來，不要跑！」兩名穿著卡其制服的警察在上山的小路上追著，扶著大盤帽的手臂在半空中來回擺蕩。跑在前頭被叫做黑狗林的細瘦少年邊跑邊回頭，看了兩眼，加快了腳步。

他的身高大約一百七十公分，理著相當乾淨的五分頭，臉上的神情帶著一絲青春的傲氣。細緻的五官分布在略嫌消瘦的臉龐，濃密的眉毛、銳利的眼神，像是會受少女喜歡的典型。

「不要跑！」後頭又傳來警察的叫喊聲，聲音隨著山路忽遠忽近，十幾公尺外還有十來名警察緊追在後。

黑狗林搶先繞過一處轉角，山壁上的枯枝刮傷他右肩一大道口子。他隨手揉了兩下，便使勁往山上跑，這時候可沒有一丁點時間可供耽誤。

「學長，我……我……我快跑不動了……」一名較年輕的警察邊跑邊抱怨，全身的制服早被汗水濕透。一個月前才從警校畢業並分發至新莊分局，原以為在鄉下執勤會比較輕鬆，沒想到會這麼累。

「堅持下去，不可以被他跑掉！」跑在前頭的警察邊跑邊鼓勵著，但這個菜鳥步伐越來越慢，居然提出了不可思議的要求。「可以……休息一下嗎？」

「快點追，追上去啊，搞什麼鬼！」後頭趕上的長官大聲嘶吼，左手更是狠狠地往他的後腦勺拍了一下，菜鳥只得咬緊牙根，勉強跟上追逐的隊伍。

這條路是連結泰山與林口台地的通道，沿著路上去人跡越是稀疏，如果能夠撇開逃亡與追逐的緊張心情，倒是一個不錯的散步地點，但如果不緊緊跟上，屆時將難以追蹤。

黑狗林越跑越快，與後頭的警察拉開了一點距離，但長距離奔跑使得乳酸大量堆積在雙腿，每邁開一步都覺得負擔層層加劇。突然，左方下坡處一絲黃色的反光映入黑狗林的眼簾，他停下腳步細看，似乎是一條隱身灌木叢後的河流。

「哞……」水牛的叫聲驚醒了分神旁觀的黑狗林，一名牧童牽著一頭壯碩的大水牛從榕樹後走了出來。

「牧童哥，後面有人要追殺我，他們要是問你有沒有人往這邊跑，你就說往山上跑去了，謝謝！」話才講完，黑狗林立刻往旁邊跑去，手腳並用地滑下山坡，無數的鬼針草刺得他渾身是傷。

黑狗林的突然出現也嚇了牧童一大跳，他呆看著黑狗林消失在山坡下，才回過神來牽著水牛繼續下山。轉剛過彎道，果然看見一群人氣喘吁吁的往山上跑來。

「有沒有看到人跑過去？」帶頭的兩名警察遠遠看到牧童大聲地吼道，一名員警還跑到他的跟前抓住他的領口讓他快說。

「輕……輕一點啦，他往山上跑去了。」牧童伸出抓著樹枝的手指了指山上，兩人二話不說急追了上去，就怕跟丟了蹤跡。後頭的警察也跟了上來，爭先恐後地消失在山路的盡頭。牧童被擠得只得緊靠山壁。

「兇什麼兇嘛，看你們要追到什麼時候，這些臭警察！咦，那個人好生面熟，好像是黑面仔的朋友吧？」牧童自言自語地把水牛趕下了山。

十來分鐘後，山坡下的臭水溝中起了動靜，先是大大小小的水泡接連二連三噴出水面，接著是上頭的泥水和樹葉被氣泡推著來回跳動，最後一團插著各種雜草、泥塊的人從水中冒了出來。

原來是躲在泥巴水中的黑狗林！

黑狗林的身上沾了不少泥巴、樹枝、腐爛的樹葉等雜物，活像是住在山林裡的野人。他先是吐掉了含在嘴中的一管青草，接著雙手往臉上一抹，睜大了眼睛看著四周「甩……

甩開了……嗎？」

他眺望著上山的道路，搜尋警察的蹤影，直到確認警察已經被他甩開了之後，才沿著人煙稀少的小路前行；一邊尋思著能躲到哪去避風頭，或者有誰家裡可以去住個一兩天。

這是民國三十八年某個夏日的中午。黑狗林才剛滿十六歲卻四處躲藏，以規避全國軍警的追捕。一切的一切都是因為幾天前闖下的那一樁禍……

01 恩怨

黑狗林，本名游茂林，祖籍漳州詔安，祖先渡海來台後，世代居於桃園大園，直至父親游珍珠這一輩，才移居到台北新莊郡頭前莊下（現在的行政區域屬新北市新莊區丹鳳一帶）。游家與過去的大多數人家一樣，以務農為生。茂林上有祥銓、式呈、立鵬、茂宗四個哥哥，下頭還有水源、秋義兩個弟弟，以及向娥、問細、阿屘等三個姐妹。雖然吃飯的人多，但茂林的父親辛勤耕種，也能養活一家人。可是，隨著日本發動侵華戰爭，殖民當局對台灣物資的掠奪越來越厲害，即便全家人都下地幫忙，也僅能勉強糊口。本來逢年過節還能吃上一點肉，到了後來則連一點暈腥都聞不到。

「媽，肉粽裡面一點肉都沒有，為什麼會叫肉粽呢？」茂林一臉天真地吃著肉粽，一邊問著媽媽奇怪的問題。

「肉粽裡面當然要放肉，不然怎麼會叫肉粽，只不過現在我們沒有肉，所以沒有放。」母親輕輕拍了一下茂林的頭，眼神中充滿了慈祥的母愛。

「但是我們家不是有養豬嗎，那個不是我們家的嗎？」茂林搔了搔頭，對於母親的回答更感糊塗。

「哎唷，豬是我們家養的，但是我們不能殺，殺豬是犯法的，會被日本人抓去關。」母親坐在板凳上開始整理地瓜葉，這是中午要做給大伙吃的主菜。

「真奇怪，我們養的豬怎麼不能殺呢？」茂林滿臉疑惑又吃了一口沒有肉的肉粽。

「你別問那麼多啦，快點吃完，準備去上學。」母親被茂林問得開始有點不耐煩。

「我不想去上學，老師講的那些話我都聽不懂。」茂林粽子已經吃完，卻還捨不得丟掉粽葉，一邊舔著沾在粽葉上的米粒。

「聽不懂你也要去！你幾個哥哥，不是都這樣過來的嗎？」母親停下了手上的工作，口氣突

．游珍珠，游茂林子孫三人

然變得有點嚴厲。家中的小孩就屬茂林最調皮，不對他凶一點可不行。

「好啦，好啦。」茂林看了媽媽嚴厲的表情，知道再使性子便有可能遭殃，不敢再造次。

「今天下課趕快回家幫忙餵豬跟拔菜，不要到外面亂跑，知道嗎？」母親進一步叮嚀。

「好啦，我走了喔。」茂林看到外頭走過去的幾個同學，抓著書包跳下餐桌，急忙跟上路隊。

看著茂林的離開的身影，游劉氏深深地嘆了一口氣。幾個孩子裡就屬茂林最不讓他省心。

一八九八年兒玉源太郎擔任第四任台灣總督後，改變了早期的殖民政策。為了使台灣人變成效忠日本天皇的忠誠皇民，他設立了公學校，以日語進行教學，強迫台灣小孩就讀，企圖徹底洗腦。茂林從小就在田裡幹活，舉凡割草、種菜、插秧、收割等樣樣都要做，上學可以不用幹這些農活，不過，他還是不太喜歡去。日本公學校管教很嚴，老師說打就打，毫不留情，而且，老師偏愛日本學生，歧視台灣學生。對茂林來說，學校反倒像是個叢林，充滿了危險與陷阱，不是個有趣的地方。

一日放學，茂林與侄子登福走到新莊老街，三名穿著制服的日本小孩把他們攔了下來。

「你們是二年級的啊，看到學長也不會敬禮，這麼沒禮貌，學校沒有教你們嗎？」高年級的日本學生開始數落茂林兩人，口氣極盡不悅和欺凌的態勢。茂林與登福不知對方的來意，兩人相互對視，不敢作聲。

「你們現在跟我去果園，快點。」帶頭的小孩伸出手來抓住茂林的肩膀，兩名同伙則分別從後面推著。無奈對方的力氣又大，人又多，茂林與登福只好乖乖跟著走。

不久，幾個人來到了一處果園的後門，帶頭的日本小孩高舉著拳頭威脅說：「進去摘些芭樂給我。」這時兩人才意識到日本人是要逼他們當小偷的。

茂林有時也會調皮跑到鄰居家偷摘些水果來吃，但此時他卻很不情願；登福不知如何是好，瞪大眼睛看著茂林，等他的指示。

「叫你進去還不進去！」帶頭的小孩見兩人默不作聲，用力地推了個頭較小的登福一把。

茂林本來在猶豫要不要照著日本學長的話去做，這時看到登福被攻擊，再也不想別的，立刻衝上前去撞那名帶頭的日本小孩。

「巴格野鹿……」身材懸殊的兩人立刻在地上扭打起來。

旁邊兩個日本小孩看到茂林如此頑強，也連忙撲上去幫忙。

「幹！死日本人……」茂林以一敵三，一點也不害怕，還邊打邊罵，不過，他年紀太小、太瘦弱，沒幾個回合就被制伏住了。

「你們這些台灣人，叫你們去偷東西是試你們的膽量，還敢說那麼多。」帶頭的那個日本小孩坐在他的背上緊緊壓著，邊講還邊用拳頭敲著茂林的頭。

「如果不進去，我就跟老師報告，說你們兩個台灣人打我們，到時看你們會被修理得多慘。」

茂林與登福知道老師一向偏愛日本人，如果他去打小報告，老師一定會相信他，再加上形勢比人強，此時不照著去做，恐怕也無法脫身，兩人只得心不甘情不願地爬進果園。

「這個台灣人還真倔強。」「是啊，一定要給他教訓一下才行。」三人看著茂林與登福爬進果園，還一邊說著風涼話。在日本人看來，學弟為學長服務是天經地義的事，如果不從必定要好好教育一番。

茂林與登福摘了好一些芭樂，日本小孩才放了他們走，但是好不容易回到家中，茂林卻又被媽媽罵了一頓。

「不然你是去讀書還是去種地，全身怎麼弄得這麼髒？」母親看著茂林的全身滿是泥巴，不禁怒從中來。

「我不是故意的，今天學校的日本人……」茂林將被日本小孩欺負的事，全盤托出。

母親聽完茂林的描述，非常心疼他的遭遇，伸出雙手緊緊抱住這個兒子：「乖，聽媽媽的話，以後看到日本人趕快閃，我們惹不起他們……」他知道現今台灣被日本人統治，台灣人只有被欺負的分。

就這樣日復一日，茂林每天上學，回家後又到田地裡去幫忙。老師教的不少，可是，他學的不多。他喜歡去河裡捉魚、做彈弓打小鳥、在田野裡嬉戲，或者到土地公廟、榕樹下聽老人家講三國演義、水滸傳的故事。上課時，老師講述日本天皇的祖先由來，他就幻想著過五關斬六將，對象則是欺負他的日本學長。好不容易在新莊公學校熬了六年才畢了業。

茂林畢業沒過多久，美國就在廣島與長崎投了原子彈，迫使日本無條件投降，從而結束了對台灣的殖民統治。是年十月二十五日，陳儀代表中華民國政府在中山堂舉行了台灣地區的受降儀式。台北大稻埕裡外一片叫好，知識分子們紛紛高興地

・昭和二十年三月，新莊東國民學校（今新莊國小）初等科第四十回修了畢業照。第一排右起第四個為游茂林

四處宣傳。村民們聽到消息也都四處走告這個好消息：「日本人走了！日本人走了！」台灣人民終於獲得了難得的自由。

這一天茂林正在田裡幹著農活，遠處突然傳來一陣吵鬧和叫囂的聲音，一群人拿著武士刀緊追著前頭一名男子，那氣勢就像是要把他生吞活剝一般。

「幹！之前不是很囂張嗎？」「你再去找日本人試試看啊，現在是有日本人給你撐腰嗎？」

茂林轉頭一看，是大哥祥銓被追殺。他抄起鋤頭想要過去助拳，但他年紀太小，還沒追上幾步，一群人已經消失在道路的遠方。就怕大哥出了什麼事情，茂林趕緊回家尋求救兵，正巧碰上四哥茂宗從大門走了出來。

「什麼事這麼慌張？」茂宗雙手抓住弟弟的肩膀大聲問道。

「大哥被人追殺啦！」茂林一邊大口喘著氣，一邊回道。

「什麼！快走。」茂宗聽到大哥有事，立刻帶著茂林衝了出去。他比茂林大了六歲，身強力壯，已是一個強壯的青年。

兩人走出家門不遠，在路口的轉角處就見到大哥拖著沉重的步伐走了回來，不時地往回看，深怕那群人突然又追了上來。

「大哥，你沒事吧！」兩兄弟急切的問。

「沒事，沒事，幸好我跑得快……」祥銓仍舊驚魂未定。

「到底是發生什麼事，為什麼他們要追殺你？」

原來那群流氓是陳樹根找來尋仇的。陳樹根住在下福營一帶，與祥銓素來不和。兩年前他偷殺了一頭豬，傳到祥銓耳裡，被他逮住機會向日本巡佐告了一狀。如今傳出日本投降的消息，陳樹根趁著警政機關真空的空檔，找了一群流氓前來報仇。還好祥銓身手矯健，不然是否能夠活著回來還不得而知。

此事在地方上鬧得很大，祥銓為了日後能夠安心過日子，請了一些長輩出來講和。經過幾番調解，與陳樹根達成協議，由祥銓認錯，買幾條進口香煙、辦兩桌酒宴賠罪。按理說喝了酒之後，這件事情就算了結了，可是，大哥遭人追殺的情景卻始終無法從茂林的腦海中抹去。他知道此事是大哥被欺負，下定決心日後長大要替大哥討回公道。

對於年僅十三歲的茂林來說，要對付陳樹根等一伙流氓還力有未逮，但對付十多歲的次郎的話就有把握得多了。次郎是在公學校欺負茂林的日本人，陳樹根趁著日本人倒台來找祥銓報仇，茂林也依樣畫葫蘆要找次郎報仇。

「次郎，你出來一下，我有話跟你說。」茂林在次郎家外頭大聲叫喚著，一旁站著高出茂林一個頭的藍敏雄。他是茂林的同窗，以前也常受日本人欺負，聽茂林說起要找次郎報仇，便要求一同前來。

「你們有什麼事嗎？」次郎沒料到茂林膽敢到他家來尋事，看外頭站著茂林兩人便走了出來。

「幹，你還敢問我有什麼事。」茂林沒等次郎站定，一拳朝著他的鼻子揮了過去。次郎一陣天昏地暗，仰躺在地，雙手按著鮮血直流的鼻子，這時才意識到這兩個小煞星是來報仇。

「你不是很兇嗎？還敢叫我去偷芭樂。幹，你以為我怕你。」藍敏雄緊接著一腳踹了過去，兩人一陣猛打，絲毫不給次郎喘息的機會，似乎是要把多年受的氣一次出完。

次郎看到鼻血沾滿了雙手早就慫了，而且沒有同伴撐腰任憑毆打也不敢還手，只是縮成一團，大聲求饒。

茂林見次郎如此孬種，打了一會也覺得沒什麼意思。「你們日本人已經投降了，恁爸我沒有在怕你。」撂下這句話就走了。

日本戰敗無條件投降，蔣介石派了陳儀前來接收台灣、澎湖等島嶼，與此同時，老百姓們也在了結各種恩怨：有電影《海角七號》難分難捨的異國情緣，也有茂林與次郎清算的這種仇恨。這才是老百姓們的真實生活。

民國三十七年，國民黨在大陸節節敗退，共產黨一路從華北打到長江，蔣介石欲南北分治已不可得。此時茂林十六歲，多年在家務農，已經長成一個精壯的小伙子。國家大事與他全然不相關，他只是一邊幹著農活，一邊在村裡打抱不平。十六歲的少年能幹什麼正經事呢？受戲曲、小說推崇的價值觀念影響，他直覺為朋友兩肋插刀、鋤強扶弱就是人生中最有意義的事。一股任俠的血液在他的身體裡流淌著。

「黑狗，這次你一定要挺我。」一名皮膚黝黑的少年一臉委屈向茂林哭訴著。他叫王慶章，人稱黑面仔，家境頗為困苦，幫人看牛為生，與茂林平時挺聊得來，今天早上被人欺負，立刻跑來找茂林。

「看什麼看，年紀還那麼小，還沒輪到你出頭。」原來早上黑面仔在放牛時，臭吉仔正好經過。黑面仔多看了一眼，臭吉仔便向他嗆聲。

「再看就給你教訓一頓。」臭吉仔作勢欲毆打狀，他素來欺善怕惡，對於十多歲的黑面仔還沒有放在眼裡。

黑面仔詳細地跟茂林描述了早上發生的細節，雖然茂林與臭吉仔沒有過節，但他認為兄弟的事就是他的事，氣憤地罵道：「臭吉仔居然敢給你嗆聲，沒有給他一點顏色看，還以為我們是好欺負的。」兩人收拾了東西，決定前去報仇。

臭吉仔是四十多歲的中年人，他並沒有把與黑面仔的衝突放在心上。在路上看到茂林與黑面仔氣勢洶洶走來，還沒有料到兩人的來意。「臉這麼兇是要幹嘛？你們兩人看到長輩不會繞道嗎？」依然擺著一付老大的架子訓斥著。

茂林與黑面仔見臭吉仔，二話不說，立刻衝上去圍攻。「幹你娘，我是不能看你嗎？」「不然，你是在哭夭嗎？」

雖然臭吉仔年紀比兩人要大得多，身材也更加高壯，但俗說話：「軟怕硬，硬怕橫，橫怕不要命。」茂林與黑面仔發了狠，臭吉仔只被打得落荒而逃。

「給我記住，以後不要那麼囂張，不然有你好看的。」黑面仔還在臭吉仔身後叫囂著。

茂林與黑面仔兩人把臭吉仔打跑了都感到很興奮，彷彿這證明了他們已經長大成人，再也不會隨便受到他人欺負。事實上，他們之間的糾紛根本不算什麼，個性好的人也可以一笑置之，但對於年少氣盛的兩人來說，認為這些分寸絕對不能失，他們擔心事情傳開來，會被外人取笑，以後在地方上就難以混出頭了。然而，俗話說：「冤家宜解不宜結。」這件事使茂林與臭吉仔結下了怨仇，今天臭吉仔吃了虧，他也不會善罷干休，有朝一日總會找機會討回來。

一日，茂林在池塘旁休息，聽朋友說起陳樹根經常去雜貨店收帳，他又開始盤算著如何去收拾他。他感覺自己經有了力量，可以對付任何人了。忍了多年的仇恨，不願意再忍下去了。

「黑面仔、黑面仔！」茂林跑到王慶章家門口大聲喊著。

過了幾分鐘黑面才遲遲走了出來。「是要做什麼，這麼著急？」黑面仔一付睡眼惺忪的樣子，衣服都還沒穿整齊。

「我要去找陳樹根報仇……」黑面仔聽到茂林的主意，揉了揉眼睛，也不說別的，拿起木棍就與茂林一起走去。

兩人走到半路，忽然聽到茂林母親的叫喚聲：「阿林，黑面仔，你們是要去哪裡？不要出去外面惹事，趕快給我回家裡來！」

原來茂林的母親正在田裡摘菜，看到兩人拿著棍子從田梗經過，擔心兩人又去鬧事，趕緊出聲。

「是你媽，怎麼辦呢？……不然我們先回去，下次再說吧。」黑面露出難堪的表情，搔了搔頭跟茂林說。

茂林見這情形也只得作罷。

回到家裡，茂林越想越不甘心。陳樹根的仇已經忍這麼久了，此時不報要等到什麼時候。可是，沒有黑面仔的助陣，他也沒有十分的把握。畢竟他也才剛滿十六歲，論身材、力量都還是比不上成年人。茂林掙扎了許久，最終鼓起了勇氣，趁媽媽一個不注意，溜了出去。

在前往雜貨店的途中，茂林撿了一根大木棍作為武器，這樣就多了幾分勝算。來到雜貨店附近，茂林觀察了一下周圍的形勢，最後躲在一顆大榕樹後面，準備等陳樹根經過給他狠狠一擊。

過了許久，才見到陳樹根晃晃悠悠從遠處走來。茂林心裡又是緊張又是高興。緊張的是不知道能不能制伏陳樹根，高興的是這個仇終於能報了。茂林緊緊地握住棍棒，心裡噗通噗通地跳，等到陳樹根經過大榕樹，立刻狠狠一棒往後腦勺砸下去。

碰的一聲，陳樹根隨即昏倒在地上，茂林還狠狠地補上幾棍，看陳樹根全然沒有反應，才離開了現場。他雖然好鬥，卻不是莽漢，還懂得制定戰略取勝。

回到家中，茂林難掩報仇的喜悅，臉上掛著笑容走到廚房去找水喝。

「阿林，什麼事情這麼高興？」後頭突然有人拍了茂林的肩膀，嚇得他差點把整碗水噴了出來。

「咳咳，原來是阿宗，你不要嚇人好不好？」

茂林轉頭看了看四周，確定媽媽沒有在身邊，才把伏擊陳樹根的事情娓娓道來，一邊說還一邊出拳比劃。

「我還以為是什麼大事，高興得這個樣子。這個人打他一頓哪夠啊，起碼要砍他幾刀才足以洩恨。」茂宗這些年在地方上越來越活耀，也結交了不少三教九流的人物，聽到弟弟為大哥報了仇，雖感到很欣慰，但為了爭勝，不禁在言詞上否定了弟弟所做的貢獻。

茂林本是充滿著喜悅與四哥分享報仇的快感，沒想到不僅沒有得到認同，還被數落得教訓不夠，興奮之情頓時煙消雲散。

「殺他兩刀又有什麼難的，今天我是沒有帶刀，不然就給他好看，哼！」茂林年輕氣盛，撂下一句狠話，隨即轉身去找黑面仔鬼混，心裡煞是不爽。

這一天新莊大眾廟上演歌仔戲慰勞神明，地方鄉親也都趕來看戲，享受這難得的娛樂，茂林也大老遠趕來看熱鬧。

茂林好不容易擠到前方，看得興起，突然有人拍了他的肩膀搭話。「黑狗林，聽說陳樹根被你教訓了一頓，你很厲害嘛！」茂林轉頭一看，原來是林宜烟。他家住在福營派出所附近，比茂林年長了五六歲，兩人還算有點交情。

「你是聽誰說的，怎麼會知道這件事。」茂林眉開眼笑，聽起林宜烟說起這事心裡不禁有些飄飄然，對這個人的好感大大增加。

「這麼大的事，整個新莊地區早就傳開了，我怎麼會不知道。」林宜烟眉毛高高挑起，話說得很誇張。

「這哪算什麼，我還打算去殺他呢，看他以後還敢不敢得罪我們游家。幹，找流氓殺我大哥，一定要給他好看。」茂林聽林宜烟如此說，益發得意忘形，接連比劃了幾個凶狠的手勢。

「幹，這麼巧，我最近也打算要去殺一個警察。」林宜烟見茂林說這麼滿，不甘落於人後，跟著胡亂吹了起來。

「不然他是跟你有什麼仇，你為什麼要去殺他？」茂林好奇地問道。

「你都不知道……」林宜烟看了看兩旁，拉著茂林小聲地說著。

原來林宜烟的妻子頗有幾分姿色，被福營派出所的所長許福家看上。許福家經常利用職權，調戲甚至羞辱林宜烟的老婆。林宜烟懷恨已久，想要報仇卻也不敢。此時已顧不得家醜不能外揚，說出了藏在內心深處的想法。

「幹，怎麼有這樣的警察。這件事情沒有討回來，算什麼男子漢，也怪不得你要去殺他。如果有什麼需要我幫忙，儘管說不要客氣。」茂林義憤填膺，話說得很大聲，也不怕一旁看戲的人聽到。

「好啊。不然，我陪你去殺陳樹根，你陪我去殺許福家好了。」林宜烟話說到這個地步，已不能打退堂鼓，否則妻子被調戲，自己又不敢報仇的事傳了出去，如何在社會上立足。他的心機甚深，明明是要茂林幫助他殺警察，卻又說得像是互相幫助，而沒有欠茂林任何人情。

「我先幫你去殺許福家，然後你再陪我去殺陳樹根好了。不然，我們先去殺陳樹根，陳樹根報了案，許福家看見我們就要抓我們，怎麼可能還殺得了他。」茂林認真地回應林宜烟的提議。上回與茂宗鬥嘴，已撂下要殺陳樹根的狠話，林宜烟的提議也符合他的意。

他並不以為殺警察是什麼大事。

「好的，就這麼幹吧。」茂林的提議對林宜烟很有利，他趕緊應允。讓他一個人去殺許福家，他是無論如何也不敢的。

於是，兩人走到一旁，小聲地商量何時到福營派出所尋事。最後定在隔天晚上，要趁著夜黑風高時動手。一個殺警察的大事，就這樣在一個偶然的閒聊中決定了。

那個年代，警察素質不高，有些警察利用公權謀取私利，與土匪也沒有本質上的差別。老百姓為了保護自己的利益，往往只能尋求私下的途徑來解決。在茂林看來，殺許福家就跟給陳樹根一個教訓似的，他沒有意識到那是在挑戰公權力。

回到家後，茂林也未向家人提起此事，早早上床就睡，隔天與往常一樣下地幹活。到了傍晚，茂林帶了兩隻扁鑽，神色自若地往阿烟家附近的雜貨店走去。到達那裡，阿烟早已坐在樹下，身邊還多了一個伙伴，簡仔漢。

「阿林，簡仔漢來幫忙助陣。」林宜烟在來的路上與簡仔漢巧遇，他聽說是要來殺警察報仇，便跟著過來幫忙。

茂林認識簡仔漢，見他來助陣當然高興，三人遂開始計畫待會的行動。茂林提議以向許福家秘密報告為由，將許福家從派出所騙出來殺他。這個計畫與他當年去報次郎之仇差不多，但多安排了一個簡仔漢在外頭拿著武士刀支援。

「靠你了，黑狗。」簡仔漢拍了拍茂林的肩膀。他雖說要過來助陣，但並沒想過要去衝殺。這樣的安排很合他的意。對他而言，拿著武士刀支援已經很夠義氣了。

於是，三人坐在大樹下抽煙閒聊，一直等到太陽完全落下，茂林才起身與阿烟往警局走去。

「所長在嗎？我有事情要跟他報告。」茂林站在警局門口，頭往裡頭一探說道。這時茂林才看清楚警察局裡面的布局：兩名員警在靠近前門的座位上處理著文件，所長許福家的座位則是在警局的最裡頭。

「什麼事情？」許福家聽到茂林的聲音，抬起頭來看著茂林，一動也不動。

「所長大人，我有很重要的事情要跟你報告，可以麻煩你出來一下嗎？」

「有什麼事情你進來講就好，怎麼還要我出去？」許福家心想，我是官你是民，更何況我還是所長，哪有要我出去的理由？

「……」茂林想了想繼續說：「是這樣的，這件事情只能跟所長一個人說，所以想請所長出來講。」

「要嘛，你就進來講，不然就別說了！」許福家的態度很硬，茂林只好先退一步回到外頭與阿烟商量。

「怎麼辦？所長不出來。」

「不然我們就直接進去，等我給你使眼神，然後再動手。」阿烟想了一會提議道。

「好。」茂林點點頭，與阿烟一同踏進警局。

福營派出所只有十幾坪大，小小的空間凝聚著一股壓迫感。阿烟看到警局莊嚴的樣子，還有兩名員警坐在前頭值班，頓時有些心虛，同時在內心埋怨著茂林：怎麼不說還有這麼多警察呢？茂林則神色自若，表情沒有絲毫變化，看不出心裡在想些什麼。

兩人走了幾步便來到了所長的跟前。

「你們有什麼事情？」許福家一個人坐在偌大的辦公桌後，滿滿的公文疊在他面前，後頭牆壁上還貼著一張張獎狀。

「大人是……是……這樣的，村子裡有個叫做臭……吉仔的，有事沒事就來找麻煩。之前黑面仔還被他欺負，弄得全身是傷……」阿烟非常緊張，汗不停地流；茂林則全神貫注，等待阿烟的暗號。他右手摸著藏在腰間的扁鑽，前腳偷偷地往前滑了一步。

「年輕人脾氣不要這麼壞，打架鬧事對你沒什麼好處的，知道嗎？臭吉仔這個人我知道，有機會我會去找他說說。」許福家一邊訓斥著兩人，一邊繼續翻閱他公文，其餘兩名員警各自在忙自己的事，全然沒有料到這兩個人敢在警察局內行凶。

阿烟看著周圍的形勢，已然打消動手的念頭，他轉頭朝茂林努了努嘴，還沒來得及說出「走吧」二字，茂林已然衝上前去。

許福家正低頭要開始翻閱公文，茂林的扁鑽卻已用力地插進他的肚子裡，左手還順勢欲堵住他的嘴。

「你要幹嘛……啊——！」許福家大叫。

阿烟被茂林舉動嚇了一跳，但事情已經發生，他被迫拔出扁鑽往許福家的身上捅了一刀。「幹你娘，敢肖想我老婆！」一邊捅還一邊大吼著。

茂林捅了一下又是一下，將整個扁鑽戳進肚子，哀嚎大叫的許福家掙扎著想要站起來，茂林趕緊用左手去推他。推擠之中兩個人撞成一團雙雙倒下，扁鑽也從滿是肥油的肚子中拔了出來，鮮紅的血液噴了一地。

阿烟看到此景似乎被嚇住了，站在那裡一動也不動。許福家趁著這個機會，一手按住肚子上的傷口往後門的方向跑。

「幹！別想跑！」茂林跳起來又是一刀狠狠地桶在他的背上。

與此同時，正在辦公的兩名員警見到茂林與阿烟正在行凶，不是衝上前來進行搏鬥，反而是嚇得奪門而逃。

「幹……幹……我是叫你出去，你怎麼給他殺下去！」許福家還沒逃出後門，阿烟就開始大聲地在責怪茂林。

茂林腎臟線素上升，渾身是汗，聽阿烟這麼說大聲罵道：「我怎麼會知道你什麼意思，我們進來時又沒有計畫說要放棄，我以為你是要我動手了。」他本來還在想要不要追上去，現在已完全放棄了這個念頭了。

阿烟見茂林這麼生氣，不好再說什麼：「好啦，好啦，我們先走吧。」於是兩人慌慌張張逃出警局。

走出不遠，看見一輛軍車坐滿了人開來。「幹，怎麼這麼快就有人來了？」兩人趕緊躲進樹林裡，滿心以為是要來抓他們的，卡車一經過他們的藏身處，立刻往雜貨店的方向狂奔。

「殺到人了嗎？」簡仔漢見兩人急忙跑來的身影大聲地問道。

「嗯，快走。」簡仔漢二話不說，轉身快跑，三人分頭逃竄，如同鳥獸般散入了夜色之下的村莊。

此時天色很黑，路上也沒有什麼行人，茂林很快地走出有兩三里地之遠。這時警報聲忽然大做，投射燈照亮了整個黑夜，茂林猜想是要抓他們的訊號，也不敢回家，趕緊加快腳步往後山的方向跑去。

原來那輛載滿了軍人的車子是要到警察局借電話的。當他們到達警局發現一個人都沒有，而且滿地盡是血跡，便向上頭報告緊急狀況。

民國三十八年，距二二八事件不到兩年，政府剛公布了《動員戡亂時期臨時條款》，這時以為又發生了暴亂事件，於是出動了軍警雙方前來共同追捕。

茂林一路跑著，越來越深入山區，他感到有點發忧，不過，聽到後頭吵雜的追捕聲逐漸迫近，更擔心會被抓到，只能咬緊牙關往深山裡跑。

「可惡，怎麼會追這麼緊，這附近有沒有什麼地方可以躲一下。」幾座零星的墳墓映入眼簾，突然間茂林瞥見一具棺材散落在地上，看樣子是剛撿檢完骨，還未處理好的棺材。他靈機一動，躲了進去，然後將棺材板拉上蓋好。

棺材中一片黑暗，彌漫著一股腐屍味道，茂林忍不住嘔吐了起來，可是，一整晚沒有進食，只嘔出了幾滴酸液。此時，外頭傳來一陣急切的腳步聲，茂林忍住不敢再作嘔，一動也不敢動，靜靜地躺著。

「長官也太沒有人性了，居然讓我們到這裡來搜索，自己卻站在那裡動也不動……」

「你們說他會是跑到哪裡去了，怎麼會不見了，難道是躲在棺材裡了？」

「別管是躲到哪裡去了，反正應付一下就好了。你難道還想去開棺材？」

「是啊，真的是神經病，這是墳場耶，居然讓我們來這裡抓人，真是穢氣。」

茂林聽到外頭模糊的聲音，以為自己要被發現了，心跳聲有如雷鳴般打在耳邊，在心底默默喊著：「不要開！不要開！不要開！」此時，不知道什麼蟲子在茂林的腳邊爬來爬去，有幾隻還沿著他的小腿開始往上爬行，他只能忍住不動。

一陣沉默之後，三個模糊的聲音終於漸漸遠去，茂林才小心翼翼地將腳上那些蟲抖弄掉，同時避免弄出聲響。又過了好一會，才拉開一小點縫隙，推開棺材板跳了出來。月光照在地上，夜色顯得非常寧靜，茂林知道自己暫時安全了，這時開始思考該去哪裡過夜的問題。

回家去的話，會不會有警察在那裡等著？如果不回家的話又該去哪裡呢，黑面仔家，游登福家？最後想了一圈，他覺得還是待在棺材裡最安全。

他把棺材簡單地清理了一下，又重新爬進去，不忘把棺材板留出一點縫隙，以讓空氣流通。

這次躺在棺材裡，感覺好多了，雖然還有一點噁心的味道，但起碼沒有其他蛆蟲。他想著林宜烟有沒有被抓，家人知道這事會有什麼反應等等，不知不覺進入了夢鄉。

逃亡

茂林四處躲藏了幾天，都是採些野菓果腹，身上帶的一點錢早就花光。這天起了一個大早，躲在黑面仔放牛的必經之路，向他尋求幫助。

「黑面仔！」茂林躲在樹旁叫著黑面仔，語氣中充滿著喜悅，茂林等他出現已經等了三個小時。

「你到底是跑去哪裡了？」黑面仔跑到茂林跟前，用力地拍著他的肩膀。茂林哈哈大笑，回了黑面仔一拳，趕緊打聽著家中的情況。

「你實在好大膽，竟然敢跑去派出所殺警察。這幾天你家不時都有警察來巡查，你千萬不能回去。」

「我爸，我媽有什麼反應嗎？」

「你老爸氣得要死，說看到你要打死你；你媽煩得要死，那天看到我還在問有沒有看到你，說看到你，叫你一定要去投案。」

「是喔……。」茂林聽到這裡低頭不語，見到黑面仔的喜悅已一掃而空。「你身上有沒有錢，先拿一點來應急吧。」黑面仔把身上僅有的兩元給了茂林，還把午餐的飯團拿給他。

「你現在有什麼打算？」黑面仔好奇地問著茂林。

「我也不知道。」茂林嘆了一口氣，仰視著天空。

「你要去投案嗎？」黑面仔轉頭看了看茂林，口氣中充滿了擔憂。

「投案就要去坐牢了，我不會去。」茂林的口氣很堅定。

「那你就是要跑路了？」黑面仔聽到茂林沒有要去投案，反而鬆了一口氣，「先跑吧，到時再看該怎麼辦吧，反正現在家是不能回了。」

「跑路需要錢，兩塊錢你能用幾天？」

茂林根本沒有想過投案，投案意味著做苦牢，他才十六歲，一點也不想失去自由。可是，逃亡需要費用，他該如何去籌呢。他與黑面仔邊走邊商量，最終把腦筋動到王清標身上。

王清標是當地的養豬大王，家裡還有幾十畝田地，可以稱得上富甲一方。他平時樂善好施，在地方上的風評相當不錯。一天下午，茂林趁著王家的人出去種田，大搖大擺地走進王家。

「你是什麼人？」王清標坐在八方桌前喝茶，見有陌生人進來大聲地問道。

茂林二話不說，抽出扁鑽就往桌上一插，刀刃明晃晃地晃動著。「我是什麼人不重要，我殺了警察，現在跑路，需要一些花費……」

「你是……黑狗林？」這些天報紙、廣播都在報導襲警這件大事。而且，王清標在當地是有頭有臉的人物，與警政當局多有來往，這事早傳到他耳裡。這時看到明晃晃的刀子插在桌上，心想怎麼會惹到這個小煞星了。

「不錯，我就是黑狗林。你既然知道我的身份，就應該知道我在跑路，沒有你的贊助，我要怎麼跑？」茂林的表情相當凶狠，雙眼瞪著王清標，就怕他耍花樣。

「你要多少？」王清標對於福營派出所警察的作為素來非常反感，他們經常以豬隻的衛生為由敲詐他。當他得知許福家被殺了幾刀，也是非常痛快。他沒有反抗的念頭，只想知道茂林的底價，趕緊把茂林支走。

「五千塊！」茂林跟著伸出左手比劃著「五」字，聲音洪亮，氣勢驚人。

聽到五千元王清標頓時蒙了，當時的工資一個月不過是三十元，不吃不喝也要工作十幾年才能賺到這個錢。「我……我……我哪有這麼多錢，要豬的話，你直接抓去，抓多少都可以。」

「不然，你有多少？」茂林見王清標還價也不生氣，他一輩子也不過見過幾十元錢，這時也想聽聽王清標的底價。

「五百元，最多我只能湊出這麼多。」王清標一邊說，一邊偷瞄茂林的表情，見茂林沒有生氣，一口氣把價錢砍到一折。

「好，五百元就五百元，你多久能湊出來？」五百元對茂林來說已經太多了，他對於王清標出的價相當滿意，嘴角露出一絲笑容。

「至少……也要一個星期。」王清標猶豫了一下，似乎是在盤算籌錢的時間。

「三天。三天後我來拿錢，如果到時拿不到錢，哼！」茂林不容王清標再討價還價，話說完一溜煙跑出王家。

五百元對王清標來說，不過是九牛一毛，他完全沒有想到要去報警。他知道茂林是個亡命之徒，如果警察沒有抓住他的話，反而會惹惱他。權當是花錢消災。

過了兩天，茂林如期出現在王清標的家中，他沒有遇到任何抵抗，順利地拿到了五百元。茂林見王清標如此仗義助人，反而覺得過意不去，臨走前刻意強調改天會拿來還他。王清標自然不會把這話放在心上。

茂林的手頭上有了一大筆錢，生活頓時寬裕了許多。不過，他還是個小毛頭。別說是台東、高雄這些遠地，就連台中他也沒有去過。遠走他鄉是行不通的，仍舊在他熟悉的新莊、泰山一帶躲藏。

幸好，茂林平時頗有人緣，鄉親們知道他是為了朋友去殺警察，也敬重他的義氣，經常會招呼他吃飯，甚至讓他住個幾天。俗話說：「吃人嘴軟拿人手短」，茂林年紀雖小，也懂得這個道理，他不好意思在同一地居住太久，不斷地更換躲藏的地方。

迴龍三角埔附近的鄭老重家是茂林最常去的地方之一。鄭老重為人仗義，頗有宋江之風，除了茂林之外，還收留了一些政治犯。他甚至在牛圈旁蓋了一間草屋讓茂林住，順便讓他幫忙放牛。因此，茂林也得以像個普通人一樣，日出而作，日落而息。

隨著時間的流逝，警方對於茂林的追捕越來越放鬆，似乎是忘了還有這麼一個案件。然而，一天林宜烟突然投了案，將一切的責任都推到茂林身上，警察對茂林的追捕才又嚴厲了起來。

某日中午，茂林午休結束，正要到田裡去幫忙，外頭突然傳來喧鬧聲。

「大人，你們是要找誰啊？」一名中年女性大聲地叫道，接著又傳來推擠跟雜沓的腳步聲。

「趕快把游茂林交出來！」

「我們知道他躲在這裡，不要藏了！」

鄭老重聽到外頭的吵雜聲，立刻從裡屋走了出來，他收留茂林時就料到會有這一天。

「阿林，快走。」茂林不等鄭老重開口，早就要從後門逃出去，這時聽到他的指示，立刻撒腿狂奔。

「等一下。」茂林又緊忙停下腳步。

「把這個穿上去。」鄭老重把晾在稻埕上的女兒衣服取了下來。

茂林會意，對鄭老重笑了笑，手忙腳亂地將女人的衣服套在身上，最後再將頭巾包住。

「好了，這樣應該可以逃過他們的眼睛了。」鄭老重點點頭，要女兒阿桂帶茂林離開，自己則到門口去引開警察。

茂林打開後門，見沒有警察埋伏，使勁地往後山跑，總算逃過了一劫。

茂林不敢再待在迴龍附近，把棲息地轉移到林口一帶，借住在一個朋友家。沒想到過了兩天，一個女孩提了稀飯，找到了林口來。

「阿林有在這裡嗎？」一個女孩逢人便打探茂林的蹤跡。

「難怪大家叫你黑狗林，你真是一個漂泊的少年黑狗兄啊！」朋友見到有女孩子大老遠拿粥來給茂林喝，不禁地調侃他。

「哪有啊，我們就是比較有話說而已。」茂林一臉尷尬狀。

這個女孩是鄭老重鄰居家的女兒，叫做英子。茂林住在鄭老重家時，經常與他調笑，也算結下了一段孽緣。英子知道茂林逃離鄭家，擔心他沒有飯吃，便找到了林口來。

茂林的確有些女人緣，這也是得到「黑狗」這個綽號的主要原因。但過於受歡迎，對他來說也不都是好事。當時有個女孩名叫江阿棗，家裡是釀私酒的，茂林與他頗有話聊，交往越來越親密。為了他，茂林也惹了一身麻煩。

一日，林口嶺頂土地公廟舉行廟會活動好不熱鬧，茂林與黑面仔結伴來看戲，在路上他們遇到鄭清富一行三人，怒氣沖沖跟他抱怨了一番。

鄭清富是鄭老重的侄子，看戲時被一名林姓員警搜了身。起因於鄭清富的菸頭燙到了江阿棗。當時看戲的人相當地多，鄭清富也是不小心，但林姓員警看到此景，卻故意在江阿棗面前逞威風。

「什麼？這個姓林的竟敢給你們搜身，還想要追江阿棗？」茂林氣得大叫。

「是啊，這個姓林的看起來很囂張，而且與江阿棗看起來很熟的樣子。」鄭清富知道江阿棗與茂林頗有來往，他提起這事的目的是告誡這個女人的本性。可是，茂林聽起來卻感覺是取笑他對女人沒有辦法。

「幹，等一下沒給他一下教訓不行！」茂林心裡五味雜陳，對於江阿棗，他感到很失望。

「好吧。你們先走吧。看我怎麼收拾他。」茂林與黑面仔告別三人，繼續往上山走，選在一個轉角處停了下來。過了一小會，才見到林警員與江阿棗一路有說有笑地走來。

「今天謝謝你。」江阿棗雙手放在背後，距林警員還有一步之遠。

「不會啦，幫助百姓本來就是我們警察應該做的事情，而且……」林警員轉頭色眯眯地盯著江阿棗。

「嗯……」江阿棗被林警員瞧得不好意思，低下頭來。

兩條身影突然從草叢中衝了出來，林警員還沒來得及反應，背部就被挨了兩刀，脖子還被人緊緊勒住無法呼吸，鮮血直流，想要掏出腰上的槍反抗，才發現已被搶去。

「你們幹嘛打他！」阿棗一邊叫著一邊往後退開。他認出了茂林，嚇得不知該如何是好，只是大叫：「阿林，你不要打他啦，事情不是你想得那樣！」

「幹！去死啦！」茂林聽阿棗護著林警員，打得更是用力；黑面仔也不理會阿棗的尖叫聲，狠狠地踹著林姓警員，踢得他縮得猶如一尾蝦。

江阿棗看到茂林瘋狂的樣子，已不敢多說話，只嚇得在一旁站著，默默祈禱不要把他打死。

「你不是很厲害嗎，敢給我朋友搜身，敢動我的女人，幹，給你死。」茂林一直打到林警員躺在地上一動也不動才停手，最後還把他從山坡上丟了下去。

「我看現在你要和誰約會。」茂林對江阿棗撂下這句狠話才與黑面仔往山下走去。

「得罪我老大就該死。」黑面仔臨去前不忘說道，留下江阿棗一人，獨自待在那裡。

林警員後來被救了起來，養了好幾個月傷才撿回了一條性命。經過此事，警方認定茂林是專門與警察作對的嫌犯，有意挑戰警察的權威。因此，提高了茂林的懸賞額度，加強對茂林的追捕。大街小巷都可以看到茂林的通緝令。此外，還頻頻到游家去找麻煩，甚至把女性家屬抓到警察局去關幾天，把游家搞得人心惶惶。

這些事很快地傳到茂林的耳裡。他對於家裡的情況感到十分擔心，回家探望的念頭越來越強烈。可是，他也擔心回家會自投羅網。他接連好幾天喬裝打扮，觀察家中的狀況，直到確認沒有警察蹤跡之後，才決定潛回家中。

這一天，茂林趁著父親下地種田才回到家裡。自茂林犯事以來，游珍珠一直不諒解茂林的行為，常說看到茂林要把他打死。他一向扮演嚴父的角色，茂林相當怕他，回家也不敢見他。他知道這個時間母親一定是在廚房做事，逕自往廚房走去。

「阿母！」茂林看到母親正在切菜的背影，不禁叫了出來。

「你這個夭壽囝到底是跑到哪裡去了，連警察你也敢殺，實在是好大膽。」游劉氏看到茂林非常高興，急忙停下手上的工作。

「沒有啦。」茂林看到媽媽也非常開心，但他也不知該如何解釋這些事情，只能避重就輕回答。

「幸好你爸不在，不然你會被他打死喔。」游劉氏摸摸茂林的頭，又捏捏他的胳膊，就擔心他在外頭沒得吃。他不停地問茂林的行蹤、逃亡的生活，過了一會又下地去摘空心菜要做給茂林吃。

家中的女眷得知茂林回來的消息，紛紛聚集到廚房來。有的勸他趕緊自首，有的是報怨茂林害他們被抓到警局，搞得茂林也很心煩。

「好啦，好啦。不要再詛詛唸了，讓我清靜一下。我好不容易回家一趟。」茂林於是把大嫂、二嫂一干女眷趕出了廚房。

茂林想幫母親做些飯前的準備工作，於是開始劈起柴來。當茂林劈到一半，外面突然傳來一陣雜沓的腳步聲。當他還在猜測究竟來者是誰，幾道黑影已經投射在廚房的入口。

「游茂林，出來，不要躲了！」「快出來，我們已經包圍這裡了，我們知道你躲在裡面。」茂林還沒想出為什麼警察來得這麼快，外頭的警察已縮小了包圍網，他趕緊轉身躲在牆角，掩身在爐灶旁。

打頭陣的兩名警察一步步地踏進室內，亮晃晃的槍支在爐灶上的火焰照亮下，反射著黑色光芒。一時找不到茂林的身影，兩名員警面面相覷。突然間，茂林從爐灶旁跳了出來，手拿著菜刀，撞向站在右邊的這個警察。「別想要抓我！」茂林趁著撞開空檔的同時往外頭衝去，左邊這名警察也冷不防地被撞倒在地。

「外面的人快追，別讓黑狗林跑掉了！」茂林直接衝向包圍在外頭等待的幾名警察，像是瘋了一般，揮舞著菜刀砍向他們。勇猛的態勢嚇得警察們趕緊散開，也不敢上前跟他抓他，被茂林衝破了個缺口。

「快追！快！」

「游茂林，不要再抵抗了，放下武器。」

茂林幾個轉彎，迅速往後門逃出。他在這個三合院生活了幾十年，地形相當熟悉，警察人雖多，卻也被他甩到了後頭。一出門，茂林直接往山裡的那條小路奔，後頭的警察一個接一個，跌跌撞撞地跟了上來。

「黑狗林，不要跑！」

「停下來，不要跑！」穿著卡其制服的警察接二連三在山間小路上追著，一邊跑還一邊扶著大盤帽。跑在前頭被的黑狗林回頭看了看，又加快了腳步。這事發生在民國三十八年的某個夏日的中午，最後多虧牧童幫了茂林一把，騙過了警察，茂林才得以保有自由之身。

茂林離開水溝之後，沿著小路下山，找到了一個破舊的工寮暫做休息。他不斷地思考為什麼警察會這個快就到來，明明觀察了好幾天都沒有發現警察蹤影，怎麼會前腳剛踏進家門後腳警察就來了。他不禁懷疑是有人去通風報信。

有了這個念頭之後，他開始過濾人選。他首先想到的是陳樹根。但自茂林到福營派出所殺警察之後，陳樹根就怕茂林怕得要死，遠遠看到他便逃。據說還曾逃到南部躲了一陣子。那麼，會是許福家或是林警員這兩個被他殺過的警察嗎？他接著又否定了。如果是這兩個人之一，那麼在逮捕行動中應有他們的身影，但當時並沒有見到。那麼，又會是誰呢？最後他想到在家附近曾看到一個熟悉的背影，當時一直想不起來是誰，這時才恍然大悟。那個背影就是臭吉仔。一定是臭吉仔上次被打過之後，懷恨在心，藉故報仇。「好，一定要找臭吉仔算清楚這筆帳！」茂林立刻下山到陳小姐這個紅粉知己家借住了一晚，準備就近找臭吉仔算帳。

隔天，茂林起了個大早，在泰山最熱鬧的市集等著臭吉仔的出現。為了避免打草驚蛇，他還戴著斗笠進行偽裝。可是，茂林一直等到傍晚，都沒有看見臭吉仔的身影。隔日，茂林仍舊一大早到達市集進行埋伏，臭吉仔仍然沒有出現。就這樣，直到第三天下午，茂林都快要放棄了等待，臭吉仔的身影才遲遲出現在他眼前。

臭吉仔在市集閑逛，似乎是要買什麼東西，但逛了好久，什麼也沒有買。最後才駐足在一個小攤跟前，買了一個髮夾。臭吉仔的舉動引起了茂林的好奇心，他想不通臭吉仔一個「羅漢腳」買這東西要做什麼。他有心看個究竟，於是跟在臭吉仔後頭，離開了市集。

臭吉仔腳步很輕盈，不時還前後跳動像是在跳舞一般，好心情完全寫在臉上。一路走著，過了許久才在大樹下的一間平房前停了下來，絲毫沒有注意到有人跟蹤。他往屋裡叫了兩聲，過了一會出來了一個滿臉痲子、風韻猶存的中年婦女。

茂林躲在遠處看到臭吉仔他們兩人卿卿我我的樣子，不禁啞然失笑。這時他才知道原來臭吉仔還有一個老相好。為了看清這個女人的長相，茂林潛伏得更近一些。

這個女人是個寡婦，有兩個十五六歲大的小孩，兩年前開始與臭吉仔暗通款曲。臭吉仔怕別人說他的閑話，來找他時總是特別注意周遭的環境。此時看到遠處一個戴著斗笠的身影，心生疑慮，拔腿便跑。

茂林看到臭吉仔轉身逃走，頓時後悔沒有早下手。「臭吉仔，有種你別走！」但臭吉仔的手腳也相當快，眼看著是追不上了。

茂林看著臭吉仔逃走，更加認定是他跟警察通風報信，把所有的氣都出在跟前這個中年婦人身上。「幹，叫臭吉仔給我小心一點。居然敢去叫警察來抓我，看我怎麼教訓他。」順勢拿著扁鑽比了一個割脖子的動作。

「你拿一隻扁鑽是要嚇誰？老娘不怕你。」這女人見臭吉仔突然離去，也是一肚子火，口氣比茂林還嗆。他根本不知道茂林是被警局通緝的殺人犯。見兩個兒子也從屋內走了出來，倚仗著有人可以撐腰，也沒有將茂林放在眼裡。還在怪罪茂林把他的好事給破壞了。

「要不是臭吉仔去告密，他為什麼要看到我就跑？」茂林看女人的態度這麼囟更加地生氣。

「你是什麼東西，跟老娘大小聲，你吃的米都還沒我吃過的鹽多哩。啊，你是在囚什麼，我看你是欠人教訓啦！」臭吉仔的姘頭不甘示弱，還突如其來朝茂林推了一把。

茂林沒有想到他會突然動手，被他一推往後退了一步。「不然，你是要怎樣？」茂林感到很無奈，他不想動手打女人，但這個中年婦女卻咄咄逼人，他一時也不知該如何處理，只是回嘴嗆聲。

「怎樣，推你又怎樣？你不要以為你拿著刀就囂張了，以為我是女人就好欺負啊？」他又朝茂林推了一把，甚至動手拉茂林的手臂，他的兩個兒子見母親動了手，也跑上前來搶茂林的扁鑽。

四個人就這麼推來擠去的，亂成一團。茂林當然不會輕易放掉扁鑽，但他也不想殺傷對方，可是，對方的力氣相當大，他一時沒站穩，差點跌到在地。好巧不巧，當茂林左腳使勁，要穩住重心的時候，這個女人正往他的身上撞了上去，左邊頸部的大動脈衝著茂林的扁鑽，撞上刀口了。

剎時鮮血噴出了半天高，有如噴泉一般灑在茂林和兩名孩子身上。

「幹……怎麼會這樣！」茂林十分驚訝。

「媽，媽！」點點血跡嚇得兩名孩子立刻大叫。

臭吉仔的姘頭兩眼瞪得老大，右手壓著脖頸上的大洞，鮮血不斷地從指間和手掌下流出，嘴巴念念有詞地不知道在說些什麼，然後砰的一聲，往後倒下。

茂林被這個情境嚇到了。他從到至尾都沒想要殺這個女人，看到鮮血大量噴出的樣子，知道已然闖下了大禍，

「你們這裡到底發生什麼事了？」附近傳來大聲呼喊的聲音，似乎是鄰居們聽到爭吵聲跑了出來。

茂林看大事不妙，轉身便走，臨行前，下意識地回頭一望，正對著到大兒子的雙眼，眼睛彷彿噴出火一般惡狠狠地瞪著茂林。他轉頭加快腳步，在後頭不斷傳來的哭聲和腳步聲中消失在道路的盡頭。

「我不會放過你的！」

「我一定會找你報仇，黑狗！你給我記住！」惡毒的詛咒從咬牙切齒的嘴中吼出，直竄入茂林的雙耳。黑暗之中，茂林動彈不得地看著眼前的事情接二連三的發生：噴得半天高的鮮血、女子驚慌無助的表情、目睹母親在眼前身亡的少年。

茂林突然從黑暗中驚醒，原來是在做夢。

距離發生那件意外已經過了三天，茂林卻怎麼也忘不了當天的情境，原本只是想給臭吉仔一個教訓，沒想到……。

茂林坐在黑暗中的表情看起來相當懊悔，一名中年婦女意外死在他眼前，讓他感到很自責。他雙手抱頭，不斷反省著自己衝動的行為。雖然不是有意殺死對方，但對方畢竟還是死在自己手裡。他不斷提醒著自己這是場意外，可是，心情還是難以平復。

「幹，如果是臭吉仔死了就好了，自己心裡也不會這麼難受。可為什麼偏偏死的是不是他。」

茂林雖然逞凶鬥狠，但本性並不是真正的惡。他總認為自己的行為是正義的：大哥被追殺，怎麼能夠不報仇；阿烟的妻子被許福家調戲，怎麼能不去教訓他；黑面仔被臭吉仔欺負，不打他就是等著一直被欺負下去；林警員想來搶自己的女人，如果不動手女人肯定就被搶走了。他的想法反應出另一種社會狀況：江湖世事並不是依賴公權力就可以解決的。特別是公權力無法得到申張的情況下，必須依靠自己的能力來解決。這也是為什麼黑社會始終存在的主要原因。

茂林越是自責，越需要感情上的慰藉，此時，他思家之情比任何時候都要更加強烈。

「黑狗，你不要想這麼多了。」黑面仔在一旁安慰道。

「我真的不是故意要殺死他，是他自己靠過來的。」茂林得到黑面仔的通知，已然確認臭吉仔姘頭死亡的事實。

「我相信你。你沒事殺一個女人要幹嘛。」

「可是，不管怎麼說，他還是死在我的手上。唉！……我……想要回家去看看。」

「什麼！你還要回家去看看？現在你家是風聲鶴唳。」。

「我知道。我就在外頭看看就好了。我不會那麼傻去自投羅網。」

茂林下定決定要回家看看，心情頓時好了起來，似乎家可以給他提供能量。

回家前，他還特意在小溪裡把身體跟衣服都洗乾淨，雖然他不打算讓家人看見他。

茂林走在路旁的林子裡，輕快地加快腳步，這裡已經能夠遠遠地看到家中的三合院了。

「大人，請你把他放回來啊……他是一家之主……他不在我們一家怎麼辦啊……」茂林在遠處就聽到了母親的哭喊聲，他趕緊往前跑去，激動地差點就要跳出藏身的樹林。

「不要講這麼多，你兒子做了什麼好事情你們自己清楚，看他什麼時候自己出來投案！」一名員警推開了游劉氏。

原來刑事組抓不到茂林，把游珍珠抓到了警局逼問。上頭對於長久以來抓不到茂林本來就相當憤怒，這次茂林再度犯案，殺死了臭吉仔的姘頭，又加強了對茂林的追補。據說已有好幾個高級主管受到了處分，如果不能將茂林逮捕歸案，連警政署長的官帽也許也會有危險。為了趕緊了結茂林的案件，刑事組也顧不得什麼人道，使出了極端的手段。

躲在樹叢中的茂林全身顫抖，不禁想要衝出去。可是，他知道衝出去一輩子就完蛋了。入獄的話，可能再也出不來了。茂林十分矛盾，轉身往來時路跑。一直跑，一直低聲哭嚎，任由樹叢、荊棘什麼的在他身上留下痕跡也不管，直到回過神來，才發現剛經過那棵常常跟父親一起休息的大樹。

茂林蹣跚地走到樹旁手撐著樹幹喘氣，過往的回憶不斷地湧了上來：他曾在這棵樹上看著飛機飛過、躺在樹下睡午覺、跟父親在這閒聊。一切似乎都那麼近，但如今卻又似乎那麼遙遠。

「黑狗，真正是英雄出少年啊。聽說你竟然跑去警察局殺警察，真是很大膽啊……」陰暗的室內，一名粗壯的男子坐在主位上，一旁還有兩名小弟為他倒茶和準備菜飯。他是三重幫的老大名叫鄭木杞，為人海派大方，有心結識茂林，派了小弟四處打聽、把茂林找了去。

「大哥，沒有啦，哪有什麼，我只是幫朋友打抱不平而已。」茂林背對著門口坐在客位，謙虛地說道。

鄭木杞準備了一頓豐盛的飯菜，說是要給茂林去去霉氣，茂林已有許久沒有吃到這麼好的菜色，寒暄了幾句便不客氣地吃了起來。

「慢慢吃，別急，別急。……哈哈……別客氣，我已經很久沒有見到你這麼講義氣的年輕人了。」鄭木杞看茂林狼吞虎嚥的樣子，不禁大笑。

茂林一邊吃一邊與鄭木杞聊著，兩人聊得相當投機。

「不過……你這樣跑下去也不是辦法，有沒有考慮過自首。以你犯案的年紀、再加上去自首，應該可以獲得減刑。我想不用關太久就可以出來了吧。」鄭木杞自顧自的喝了一杯酒說道，他見茂林少年有為，不禁惜才。

「這……我之前還沒有考慮過。」茂林愣了一下不知該如何回答，他沒想到鄭木杞會談到自首的事，

「你看外面的警察都要抓你，如果你去自首的話，他們一定會嚇一跳，會特別給你優待的啦。而且……去自首之後，刑事組就不會再去打擾你的家人了，這樣不是很好嗎？」鄭木杞好心地勸著茂林。實際上，他並不知道茂林到底犯了幾件案子，而且也不是特別了解法律。兩杯黃酒下肚，在年輕人面前吹起牛來。

茂林聽到「家人」表情立刻變得相當凝重，警察局跑到家裡去抓人，對他來說的確是一大打擊。

「你好好考慮看看，也要為家人著想，一直這麼跑下去也不是辦法。」茂林默默地點頭，眼神落在桌上。

「好了，我們不要再說這些令人煩惱的事了，快吃，多吃一點！」

茂林本來吃得挺高興的，但聽到鄭木杞提到家人的事後，變得食不知味。鄭木杞酒勁

上頭，開始大談特談江湖奇聞，但茂林只是隨口應付，完全心不在焉。「自首」這件事，正一點一點地在他心中發酵。

酒足飯飽，告別了鄭木杞之後，茂林沿著小路四處亂走，也不知過了多久，腦中一片混亂的他，走到一塊開闊的田地之間，不知不覺來到了自家的水田。

茂林看著家裡的田地發呆，彷彿能夠看到白天時家人在上頭忙碌的樣貌。「自首的話對你的家人也好，警察只要抓到你，就不會再去煩你的家人了，總是要讓你的家人們好好過日子吧？」鄭木杞的話在他腦中回響著。

「真的要去自首嗎？自首之後就要坐牢了吧？鄭木杞說不會被判死刑，只是關個幾年就被放出來了……但是，我手上可是有一條人命啊，要是真被判死刑怎麼辦？可是……家裡又常常被騷擾……真的不知道該怎麼辦才好……」想著想著，茂林走到熟悉的那棵老松樹旁坐了下來，隨手抓起地上的石塊把玩著。

當月亮漸漸高升到天空的中央，茂林看到一個提著燈籠的人影，一步一步地朝著田邊走來。「不知道是誰，這麼晚了怎麼還會來田裡，是來巡田水嗎？」茂林翻身爬上了樹，不讓來人看到他。

那人走到了稻田的附近，茂林認出了，是大哥祥銓，於是拉著樹枝從樹上跳了下來，輕輕地落在地上。

「誰？是誰在那裡？」祥銓轉身用燈籠照向茂林的位置。

「阿兄，是我，阿林啦。」茂林一手遮著眼睛，一手輕輕地向兄長揮手，一直走到相隔兩步才停了下來。

「阿林？你怎麼會跑回來？」祥銓有點驚訝，他沒想到茂林突然出現在家裡的田邊。

「就……剛好回到這附近啦，看到你在這裡巡田水，嗯……家裡還好嗎？」

「沒什麼變，都跟以前差不多……你不用擔心啦。」兩人在田邊找了個地方坐了下來閒聊。

當茂林提到躲在泥灘裡頭跟棺材裡時，祥銓也露出了一絲笑容。「真的是不可思議，不過……你真的要這樣一直逃下去嗎？」祥銓表情轉為嚴肅，一手不自覺地拍著燈籠頂部。

茂林正想跟兄長商量這件事情，將鄭木杞邀他去吃飯的事情說了出來。

「他這麼說也是有道理，跑路也不可能跑一輩子。」

「我就是怕會被判死刑，如果不會的話，進去關一關也沒有什麼。」

「這個我也不知道。不過鄭木杞見了這麼多世面，他應該多少了解一些吧。唉……」

祥銓意味深遠地看著前方，撐著地上站起身來。想到茂林變成今日這樣，與為自己出頭多少有些關係，不免感到內疚。

「嗯。」茂林也站了起來，幫忙將燈籠遞給祥銓。

「好好想一想吧，人生是自己的，該怎麼走該怎麼做自己最清楚。我也沒辦法幫你決定。」祥銓拍了拍弟弟的肩膀。

「阿兄，我……我會好好想想的。」茂林感到眼睛一片濕潤，不自覺地用手揉了揉。

「好啦，早點休息吧。」祥銓說完轉頭踏上回家的路，搖晃著的燈籠在夜色中有如一盞明燈，漸漸地越走越遠，直到消失在路的那一端。

・游氏兄弟五人與父親

越獄

那一年是民國四十年，時值盛夏七月，剛滿十八歲不久的茂林走進警察局投案，他隨即被押送到位於愛國西路的台北看守所，等待法院的進一步審判。

「給……給……給我老實一點，快點走！」一名有點口吃的獄警押著茂林往前走，經過層層關卡，來到了一間窄小的鐵閘門前。

「進去吧１３３５，這就是你的牢房。」獄警用力將茂林推進狹小的空間內，隨即將鐵門鎖上。

牢房大約四坪見方，一共關了九個人，攤開的草席睡滿了人，要想前進一步都特別難。茂林好不容易才在靠近廁所的地方找了一個狹小空間，將就窩了一晚。隔天不到五點茂林就醒了，馬桶傳來的臭味，再加上狹小的空間讓他根本無法伸展，全身都沾染了酸臭味。

當他在思考要怎麼讓自己更舒適的時候，１１２３號正巧起床小便。茂林二話不說，立刻起身佔據了他的位子。

「搞什麼，新來的，懂不懂規矩，給我滾回去。」1123號看到茂林坐在他位子上，一臉不爽大聲地喝道。

「幹，你是在鬼叫什麼。」茂林也不多說，右拳一揮，立刻朝他的臉上招呼過去。他早聽說新人剛進牢房會被同房圍毆一頓，他們藉由這個機會教導菜鳥蹲牢房的規矩。茂林不想被動地等他們動手，決定先發制人。

「我連警察都敢殺了，還沒有把你放在眼裡，搶你的位子是怎麼了。」茂林一邊打，一邊講述著自己的豐功偉業，想要鎮住同房這些人，以免他們上前助拳。

「哎喲，別打了，別打了。」1123號沒有幾個回合便大聲求饒。他年紀比茂林大得多，但卻不如茂林凶狠。

「以後這就是我的位子，知道嗎？」茂林憑著一股狠勁和凶猛的拳頭，先聲奪人鎮住了剛睡醒的同房牢友。

此時，睡在靠近門邊的角落的一名高大男子發話：「不然你是犯什麼案進來的？」他正是這間牢房的老大，楊榮聰。

「殺警察……」茂林開始講述他殺警察的事蹟，聽得同房大伙一愣一愣的，心想千萬不要惹這個煞星，絲毫沒有給他震撼教育的念頭了。

「你們這些人，以後對他客氣一點，有沒有聽到。」楊榮聰教訓著同房的一干人等，博取茂林的好感。他也沒把握能壓過茂林，只希望能夠與他和平共處就可以了。

就這樣茂林靠著過人的膽識，一開始便在牢房裡取得了老大地位，過著相對舒適的生活。而且，經由楊榮聰的宣傳，他很快在台北看守所出了名。各角頭老大聽說來了一個殺警察的狠角色，紛紛來與茂林結識。

茂林與三重埔的周振全、松山的黃再發、古亭莊的古俊煌、三峽的鄭財德等人結成好友，在獄中互通聲氣。

周振全本來是因為傷害罪被判了八個月，在服刑中卻打死了同房犯人；黃再發看不慣當地流氓凌虐妓女，仗義相助，殺死了對方；古俊煌也是在當地殺死了老流氓。他們都是重刑犯，又都來自大台北地區，當他們結合起來，相互支持，在獄中就沒有人敢抗衡了。

「幹，你給我小心一點！」一日，茂林在放風時聽到有人在起爭執，轉頭一看原來是鄭金德出了事。

鄭金德是宜蘭南方澳人，為人老實，經常被流氓欺負，沒想到一次爭吵中誤傷對方而鋃鐺入獄。茂林與他挺投緣，平時也聊得來，見他與人發生了爭執，便走過去挺他。

「不然是發生什麼事。」茂林放低聲音，避免引起獄警注意。

「黑狗，我也沒有惹他，不知為什麼他總欺負我。」鄭金德一臉委屈。

這個人是鄭金德的同房，見鄭金德人老實，經常管他要吃的，或者要錢花。上次鄭金德會客時，家人給他寄了一些吃的，他想獨佔，被鄭金德拒絕之後，最近老是他找麻煩。

茂林知道這個人是犯偷竊罪進來的，早就想教訓他，此時逮到機會，二話不說，一腳踹了過去。「阿德是我的朋友，你欺負他就等於是欺負我，有種你再欺負他看看。」

周振全看這邊有了動靜悄悄地走了過來，擋住獄警的視線，不讓他們發現這邊出了狀況。

「阿德，你也不早說認識黑狗，都是誤會啦。」他知道茂林是重刑犯，被茂林踹了一下也不敢反擊。

「既然是誤會就算啊，他很老實，你就不要欺負人了。」周振全在一邊和聲說道。

這人見鄭金德居然有茂林這個重刑犯的朋友，只怪自己沒有事先打聽好，揉了揉被茂林踹疼的地方識趣的走了。

雖然監獄訂定了一套明確的規定在管理犯人，但犯人之間卻還有另一套體系在發揮作用。茂林這種講義氣，敢挑戰政府權威的受到高度評價，是實際上的統治者，處於犯人中的最高層；欺負女人的強姦犯則被所有的人唾棄，誰都可以踩一下，也不會有人同情；小偷的待遇會比強姦犯好一點，但好不了哪裡去；當然，除此之外，還有一些處於犯人中的中層，與道義無關的罪犯，是比較不會被欺負的。他們這些人雖然都犯了罪，但並不是沒有是非觀念，仍舊是要重道義、講信用。這也就是所謂的盜亦有道。

過了一個多月，茂林的初審終於到來，他被押送到位於博愛路的台北地方法院。儘管先前他已經聽過不少關於審判的事情，但來到莊嚴的法院仍舊感到不安，一種未知的恐懼從四周湧上他的身軀。

「檢查官指控你在民國三十八年伙同林宜烟在福營派出所刺殺許福家……是不是有這個事？」羅志順法官低沉的嗓音在大廳中迴蕩著，外緣鑲金、藍底白色天秤的徽章正對著茂林的雙眼。

「沒錯，許福家是我殺的！」茂林對於自己做的事情承認不諱。

「你為什麼要殺他？」羅志順追問道。

「因為……」茂林將事情的前因後果交待了一遍，從跟陳樹根的恩怨，到為了幫林宜烟出一口氣等等。

「為什麼林宜烟說是你主動提出要殺許福家的……」

「大人，這是冤枉啊，其實……」茂林萬萬沒想到阿烟將全部的責任都推到他的身上，一時晴天霹靂，趕緊做解釋，就怕法官不相信他。

「你為什麼要殺這個女人？」法官聽完轉而詢問關於臭吉仔姘頭的事情。

「大人……這都是意外，我沒有要殺他的意思，其實是……」茂林還心神未定，將那天發生的事情簡略地說了一遍。

「你是說他的兩個兒子搶你的刀嗎？」法官追問著。

「是的，他的兩個兒子要來搶刀，我一不小心……」茂林急忙進一步解釋，深怕法官沒有聽清楚。

「……」

「……」

經過了一個多小時的審問，法官終於宣佈退庭。直到這時，茂林才知道檢查官對他的指控是針對許福家以及臭吉仔的姘頭這兩個案件。政府雖然有指派一個公用律師幫他辯護，但對方打從心裡認為茂林是罪大惡極的犯人，所以也不與茂林溝通。茂林並不知道自己所做過的事哪些是犯法的，哪些又不是，他也不明白為什麼攻擊陳樹根、林警員的事沒有被審問。公訴、自訴這些概念對他來說還太過困難。

另一方面，自茂林入獄後，游家老老少少就不斷四處走動，看能不能找到人幫忙，向法官關說。住在三重的議員蔡詩祥，也在鄭木杞以及茂宗等人的請託下，來給茂林探監。但越是走動，他們益加了解到，要給茂林找一條活路的可能性不大。僅僅是殺人致死這一條罪，就足以判他死刑。

官司進行了幾個月，經過了二審、三審、最後到了判刑前夕，游劉氏帶著茂宗來到了看守所探望茂林。

「阿林、阿林，你在裡頭吃得飽嗎？」游劉氏隔著玻璃窗，拿著對講機跟茂林說話，許久未見到茂林，強忍住淚水。

「吃得飽啦，不用擔心，裡面的生活還不錯。」茂林內心激動不已，但為了不讓家人擔心，故作輕鬆狀。

「你不用擔心，你阿兄四處找人幫忙，關幾年就會出來了。你在裡面要乖一點，不要常常跟人打架。知道嗎？」游劉氏安慰著茂林，在她眼裡，不論茂林做了什麼事，都是自己最乖的小孩。

「是啦，是啦。那個法官的妹妹和新莊街老三的妻子相熟。我們有去跟他拜託，他說會幫忙，叫我們不用擔心。」茂宗跟著安慰茂林，但實際上根本就沒有他說的那回事。

「你們不要擔心啦。我是自己來投案的，無論如何也不會判死刑。關幾年就出去了。」茂林總是以這個理由來告訴自己，現在也以這個理由來安慰家人。

「是啦。不管怎麼樣，也不會判死刑的。你先好好的關，家裡的事有我。你不用想太多。」茂宗的口氣很堅定。

「爸的身體好嗎？」游珍珠對於兒子的所作所為始終相當生氣，入獄後也從未來探監。這時聽到茂宗提起家裡，茂林不禁問起父親的狀況。

「你老爸就是這個個性。你不要管他啦。其實他很關心你，在家裡常常念起你。」游劉氏不等茂宗回答搶著說。

「是喔……」茂林見到親人，內心又是高興又是感傷，但正聊得興起，會客的時間卻到了。茂林無奈地掛下電話，看著母親與哥哥離去。游劉氏不停地轉頭看著茂林，跟他揮手，直到走出門口，再也忍不住，眼淚從雙頰流了下來。

這個兒子還有多久的性命，他也不知道了。

審判的日子終於到來，游劉氏起個大早，走了一個多小時的路，來到台北地方法院。經過新莊大眾廟時，還特別供奉了三牲五禮，向地藏王菩薩祈求給茂林一條活命。茂林的兄弟、親戚、黑面仔等人也趁這個機會來見茂林一面。他們擔心這會是最後見茂林的機會。

茂林站在被告席上向家人、親戚點頭示意，感謝他們大老遠來看他。他無精打采的樣子，似乎是一夜未睡。法官羅志順開始例行的程序，到了最後才進行宣判：

「本庭經過法庭調查，法庭辯論，充分聽取了各方的意見。經合議庭評議，並經本院審判委員會討論決定，現在宣判被告游茂林，……依刑法第二百七十一條第一項殺人既遂罪判處死刑……二七一條第二項殺人未遂罪判處十五年有期徒刑……退庭。」

茂林對於法官宣判的內容，並不是特別明白，但是聽到死刑二字，頓時晴天霹靂。敲響的木槌更像是一把鐵鎚般敲打著他的心臟。

「死刑！為什麼？我是自己來自首的，為什麼還判我死刑？」茂林的腦中飛快地閃過以往的人生，像是快速撥放的影片在他的眼前飛逝。

一瞬間各種憤怒湧上心頭，他不禁破口大罵：「你……你說什麼，死刑？為什麼判我死刑？為什麼？我都自己來自首了——！」

憤怒的神情讓茂林看起來像是羅漢一般，咬牙切齒地噴出一串串口水，從被告席上飛向法官。

游劉氏聽到死刑也不禁大叫：「我兒子很乖啦，他會改，法官不要判他死刑！」

「幹你娘，你搞什麼東西，居然判我死刑？我要給你好看！」憤怒的茂林幾乎要發瘋。

「快把他抓住！」兩名法警立刻上前合力將他架起拖離被告席，茂林還不斷怒罵著法官。

「阿林，你放心啦，我們會再上訴的，你放心！」茂宗在茂林被架走前人聲安慰道。

離開法庭之後，一路上都有數名警察將他團團包圍，戒護他上了囚車、送回看守所，回到了那間屬於他的牢房。

「怎麼樣，判幾年？」楊榮聽見茂林神色有異，猜測可能大事不妙。

「幹，竟然給我判死刑。」茂林憤怒地說道，牢房的其他人聽到茂林被判了死刑都不敢作聲，擔心被遷怒。

「死刑？這個法官是不是頭殼壞掉。」楊榮聰大罵法官的不是，藉以安慰茂林。其他人也和聲道：「這個法官發瘋啦。」「法官生兒子沒屁眼。」

「要不是鄭木杞說我不會判死刑，我怎麼可能會來投案。我在外面跑路好幾年，刑事組對我根本沒辦法。幹，都是木杞害的，如果給我遇到，一定要給他好看。」茂林這時不禁把事情怪罪到鄭木杞身上。

「黑狗，不要想那多啦，不是還有高等法院嗎？這又不是最後的結果。高等法院可能會改判。」茂林聽到楊榮聰這麼說，又燃起了一點希望，稍稍緩和了憤怒的情緒。

「你看這是什麼？」楊榮聰拿出了一瓶墨水與一隻針轉移茂林的注意力。

「你也真厲害，去那裡弄來的。」茂林知道這是紋身的必備工具，他一直想要紋身，這時看楊榮聰弄來了這些東西，心情好了一點。

「這都是鄭金德的功勞，你要感謝他啦。」原來鄭金德為了感謝茂林的照顧特意花錢弄來給他，監獄裡頭只要有錢就能辦成許多事。

「阿德這個人真的是不錯啦。好啦，刺青就靠你啊。」茂林雖然鬱悶，但他也只能告訴自己還有高等法院的機會，藉由其他的事讓自己分心。

接下來的日子，茂林就一邊紋身，一邊應付高等法院的審訊。經過了幾個月的功夫，從規劃、割線、到打霧，楊榮聰幫茂林完成了胸口、雙臂、雙腿等五個紋身，題材不外乎是龍、虎這些猛獸。其實茂林早已無需靠這些凶狠的圖騰來嚇唬人了，光是死刑犯這個頭銜就足夠鎮住其他人了。

與此同時，在高等法院審訊的過程中，茂林已經意識到法官改判的可能性不太大。他逐漸產生了越獄的想法，他才剛滿二十歲，根本不想就這樣離開這個花花世界。

「你說要從這裡拚出去有機會嗎？」茂林放風時與古俊煌小聲地談到。

「我聽說以前有人拚過，也不是全然沒有機會，你有興趣嗎？」古俊煌放低了聲音。

「他們是怎麼拚的，我還年輕，總不能死在這裡吧。有機會也是要試試。」茂林與古俊煌交情不錯，也不怕被他知道。

「到底怎麼逃的，我也不知道。如果我知道方法，我不早就也逃出去了嗎？哈哈！」

茂林得知有人曾越獄成功後，對於越獄這件事更加地上心了。他開始認真觀察監獄的地形、記錄獄警的人數、換班時間，盤算著每一種可能性。但越獄是談何容易的事，有了這個想法，到付諸實踐還有相當大的距離。他只能慢慢地琢磨著。

過了一陣子，高等法院終於宣判了茂林的審判結果：維持原判。這意味著茂林死定了。

判刑確定之後，茂林被轉送到四人一間的牢房，等待最後的槍決通知。死刑執行的場所在看守所內，一般都是在夜間執行。夜裡如有槍聲響起，那就代表著有一條生命死去。

對於死刑犯而言，這種槍聲是最難受的。因為他們都不知道哪一天會輪到他們，事先也不會有人給他們通知。但是，當他們吃到特別豐盛的菜肴時，就知道離死不遠了。

茂林的新室友，除了陳賀文是無期徒刑之外，林皆通、林慶連都是死刑。他們都是二十多歲的少年，沒有人願意這麼早死，當茂林提起越獄的建議時，很快得到大家的附和。

「你們還這麼年輕，難道要在這裡等死？」

「我們當然也不想要死。可是，還能怎麼樣。」

「可以逃獄啊。不拚也是死，拚看看說不定還有一條活路。」

「拚就拚，誰怕誰。」

「既然要逃，我們就要想辦法。」

「你有什麼想法，講來聽看看。」

「挖糞坑！」茂林琢磨了這些日子，想到了一個他認為可行的方法。

在西方人發明新式馬桶與排水系統以前，中國人的如廁方式都是在地上挖一個一米見方的坑，然後在上頭放兩個長型木板，供雙腳踏著，以便蹲下出恭。當茅坑將滿之時，就用大長勺將糞掏空，拿出去施肥。有些人家則會在茅坑裡放置馬桶，藉由更換馬桶以省卻掏糞的麻煩。

台北看守所建於日據時代，廁所也採取這種方式建造。說是廁所，不過是在牢房的牆角劃出一地，兩側築成矮牆，前面設置個鐵門區分內外。地下則挖出一米見方的茅坑，放置一個馬桶，存放犯人的排泄物。上方讓排泄物通過的洞，大約有四塊磚頭大小，它比地下的糞坑要小得多，一方面要允許糞便能夠順利掉到馬桶，一方又要防止犯人掉下，或者逃出。最後，茅坑的外頭還設有一個鐵門，讓掏糞工更換木桶之用。茂林的想法是挖大茅坑上頭的洞，然後跳下茅坑，打開茅坑的鐵門逃出去。

「挖糞坑看樣子是行得通。」他們聽到茂林的說明之後，頻頻點頭。

「可是，我們的腳鐐也是一個問題，沒有把它打開，就算逃出去也跑不遠吧。」

「糞坑的門我們可以打得開嗎？這個也要考慮。」

「就算跑出去，監獄的牆壁那麼高，要怎麼爬上去？」林皆通、林慶連提出了不少待解決的問題，並且認真地進行討論。

「先不要想那麼多啦。先看能拿到什麼東西來挖再說吧。」

「我有一個朋友，曾經弄到墨水與針，問問他或許還有辦法。」

有錢果然能夠使鬼推磨，透過雜役的傳話，茂林讓鄭金德弄來一個五吋左右的鐵釘。

「試試看吧！」茂林緊緊抓住釘子，用釘子挖著那堅硬的土石，一點一點地將它消磨掉。

「看來這樣可行，雖然不知道要挖多久，但應該辦得到。」

「我們要照著磚頭的大小來挖，磚頭與磚頭之間，應該是用水泥黏起來的，如果是挖磚頭就困難得多。」

牢房的地下雖然鋪著水泥地，但他們判斷水泥的下方仍舊是由磚頭築成的。於是，他們四人日以繼夜輪流挖洞，每次挖完之後，還故意在旁邊放些大小便，把整個環境弄得很髒，讓獄警不敢來翻。

「一、二、三……還有一個人呢？」當茂林在加班工作時，突然傳來數數的聲音。原來是巡邏的獄警發現午睡的草蓆上空了一張，立刻進行確認。

「在這邊，在放屎啦。」茂林趕緊回應，要是獄警進來檢查的話後果將不甚設想。

「嗯，趕快回去睡覺！」獄警用警棍敲了一下鐵欄杆，繼續往下一個牢房巡了過去。

「好險！不過，也不能每次獄警來查，都在裝大便，時間一久他們肯定會起疑，要想點辦法才行。」

這次林皆通不知去哪裡找了一塊玻璃，然後將玻璃的一面塗黑，作為鏡子用。當他們在挖茅坑時，派一人在鐵門旁，用鏡子觀察獄警的巡邏。這一來大大地降低了被發現的危險。

一日林慶連高興地說道，他發現掏糞工更換馬桶時，根本沒有打開茅坑鐵門的鎖。這也就意味著他們只要把洞挖大，一跳下去就能逃出了。

「真的嗎?茅坑的鐵門真的沒有上鎖嗎?那真的太好啦!」茂林聽到這個消息,不禁大叫。「我們可以少解決一個問題了。」

原來林慶連好幾次挖洞時遇到掏糞工來換馬桶。他很仔細觀察了掏糞工的行動,發現從未聽到開鎖的聲音。這也是掏糞工的疏忽,他們為節省時間,根本不給茅坑的門上鎖,認為犯人不可能從糞坑裡鑽出來。這個消息給了茂林很大的鼓舞,他們挖得更加地賣力了。

隨著工事的順利進行,茂林開始思考腳鐐的問題。獄方在防止犯人逃跑方面下了許多功夫。

「我們的腳鐐如果沒有拿下來,就算把這個洞挖開了也跑不遠啊。」茂林滿臉發愁地說道。

「是啊,你們說要怎麼辦?」

「如果我們能弄到一個銼刀那就可以把它鋸開了。」陳賀文一臉認真,彷彿弄到銼刀是件輕而易舉的事。

「我們拿個鐵釘進來就這麼困難了,怎麼可能有銼刀啊。阿文你說這些根本沒有可行性。」茂林聽陳賀文講得這麼天真,不禁數落了他一頓。

「我看就算拿不到銼刀,也可以找一個替代品,像比較銳利的石頭。」林皆通注視著腳鐐，認真地說道。

「石頭有什麼用？」陳賀文接著問。

「石頭不可能把這個腳鐐磨斷。但是，我們可以把榫釘最上頭這個部份磨平，然後取下榫釘，腳鐐就可以開了。」

「有道理，有道理！」幾個人頻頻點頭，如搗蒜一般。

林皆通的建議取得了大家的認可。石頭雖然不像銼刀好用，但是在茂林這些死刑犯的努力下，還是一丁點一丁點地把榫丁最上頭的這部分磨光。石器時代，人類的祖先也是以石頭為工具，製作一些簡易的武器與野獸搏鬥，或者用來割開動物的屍體。茂林他們彷彿也回到了石器時代，利用石器來逃獄。

就這樣他們一邊利用鐵釘挖開磚頭與磚頭的縫隙，擴大茅坑的排洩入口，使得人可以跳進茅坑之內；一邊用石頭磨著榫釘，試著把腳鐐打開。他們分工細緻，一個挖洞、一個磨榫釘、一個把風、一個休息，然後一個小時輪一次班。二十四時日夜趕工，就怕在還沒完成之前，先被抓出槍斃。

九月初，林皆通在努力了兩個多月後率先取下了榫釘，接著茂林、林慶連隔了幾天也都磨平了榫釘。不過，他們仍舊把腳鐐帶著，以免打草驚蛇，被獄警發現。

「怎麼樣才能爬過那道牆？」陳賀文問道，眼見著他們所挖出的洞已經能允許一個人的身軀大小通過，就差一步就能逃出升天。

逃出了牢房之後，首先要面對的是那個兩層樓高的牆。如何翻越而出，而且不被人發現才是一個真正的難題。

「我們可以利用被單啊。把它撕成長條狀，搓成長繩，然後綁一個東西丟上牆上卡在邊角。那麼就可以爬上去了。這一點不困難。重點是牆那麼高，在爬的時候很容易被發現。」茂林一邊說一邊比劃。

「你說我們有可能爬得上去嗎？」陳賀文問道。

「爬得上去也要爬，爬不上去也要爬，我可不想在這等死。」林皆通口氣非常堅定，工作了這幾個月，他活命的意志越來越強烈。

「不過，若被發現，他們可能會開槍。我們同樣也會死。」陳賀文皺著眉頭說道。

「反正，不拚是一點機會也沒有。如果給我拚出去，我起碼還有一條活路。你們若是要反悔，現在還來得急。」茂林的口氣很堅決，到了最緊要的關頭，他要確認大伙的最終意見。

「我會拚」「我也會拚」林皆通與林慶連紛紛表態，陳賀文則默不作聲。

「阿文，你呢？」茂林不給他沉默的時間，緊接著問道，大伙都注視著他，等待他的回應。

「……」陳賀文低著頭不敢回答，也不敢直視茂林。

「你若是不想走也沒關係，反正你不是判死刑，不需要和我們一樣。」林皆通看出了陳賀文的意思，替他找了一個下台階。

「我想，我還是不走了……」陳賀文想到爬牆時獄警會開槍，便猶豫了。「你們放心，我不會洩露這個秘密，我會繼續幫你們工作。」他知道自己反悔，可能會引起他們三人的疑慮，先表明自己的態度。

「既然你不走，我們也不勉強你。我相信你也不會去通風報信的，是不是？」茂林先把話說在前，也算是提點陳賀文的意思。他們整天都和陳賀文在一起，也不怕他會告密。

「說這個什麼話，我當然不會啊，我們都是好兄弟。」陳賀文斬釘截鐵地說。

「好吧，我們相信你。那麼我們什麼時候行動？」林皆通繼續接著討論問題。

「現在已經九月底啊，我看雙十節行動吧。那天應該會有很多慶祝活動，可能比較有機會。」

「有道理。那一晚可能會放鬆警戒。」茂林點頭，表示支持林皆通的想法。

「好吧，就這麼定了。」

十月十日傍晚，吃完飯後，他們便開始製作繩索。他們要趕在獄警查房前行動，否則獄警一旦問起被單，一切就完了。陳賀文雖然不參加行動，但仍舊幫忙製作繩索。忙了一個多小時，繩索終於成形了。他們在繩子的一端綁上卸下來的腳鐐，增加繩索的重量，讓繩索能夠丟上去。

「阿文，我們要把你綁起來了，不然到時候你會被視為共犯。」林慶連對陳賀文說道。這也是大伙的意思。

「來吧。我了解。」陳賀文點頭表示理解。

「得罪了。」茂林說著與林慶連將陳賀文綁成一團肉粽似的。

「祝你們成功。」陳賀文窩在角落目送著其他三人行動。

茂林、林皆通、林慶連三人脫下腳鐐，由林皆通率先跳下茅坑。他跳下去之後，小心翼翼把馬桶拿向一旁，然後順利地推開了茅坑的鐵門。

「這個你先傳出去。」林慶連將棉被結成的繩子丟了出來，交給趴在外面的林皆通，然後與茂林手腳利落地爬了出來，臉上難掩著興奮的表情。

「黑狗，這招真厲害，沒想到我們真的出來了。」林皆通興奮地說道。

「是啊，挖了三個月真的是累死人了，不過，還不能高興太早。」茂林觀察著四周的情況。轉角之後的一片泥土黑暗之中，兩、三個圓形光圈來回掃視，像是哨所打下探照燈的光圈。要是一不小心被那光圈掃到，立刻會引來大量的獄警追捕。

「等一下跑過去，什麼都不要管，一直跑就對了。到了牆邊就把繩子扔上去，動作要快！」茂林轉頭回來對兩人說，接著又探頭確認了一次。

「準備，要跑了。」茂林微微蹲起身，以近乎短跑選手的架式一手扶牆一手撐地，兩腳彎曲醞釀著奔跑的力量。

「快跑！」茂林一馬當先背著繩索衝出角落，有如一把刀般切過無聲的廣場。

「跟上去！」林坤通和林慶連隨後跟著。

「別走，別走，再跑要開槍了。」儘管他們的動作很快，但還是被站在牆上巡邏的獄警發現。

三人不理會獄警發出的警告，繼續行動，茂林彎著腰讓坤通踩著，由林坤通率先而上。他將繩索丟上牆去，卡在牆角邊，手腳利落地爬了上去。

「坤通，快爬！」茂林大聲喊著的同時，幾聲槍響竄進黑夜。

後頭林慶連也加快腳步，連帶著緊追在後的獄警和刺眼的探照燈光。

「黑……黑……狗……」一發子彈無情地擊中了林坤通的頭部，失去控制的身體往後一倒，激起了半天高的灰塵。

「坤通——！」茂林見坤通爬了上去，情緒高昂，沒想到他還是被槍擊中掉了下來。

茂林知道牆上頭滿是危險，但已沒有退路，抓緊繩子接著往上爬。

「阿連，小心！」茂林低頭大喊，林慶連的身體和腳也中了一兩槍，發出了淒厲的慘叫聲，看樣子也沒辦法幫他了。茂林只好使盡吃奶的力氣抓著繩子，雙腳踏著牆壁借力，迅速向上攀升。

茂林一邊想只要再給他一點時間就能上去了，只要再一點時間就好！突然間，茂林感到後腰一陣涼意，似乎有一股流水往下流到雙腳，低頭一看血水早已經染紅了他的衣褲。

「不會吧……什麼時候被打到的？」茂林感到一陣暈眩，眼前一黑雙腳一軟，從牆上摔落在地。

眼皮相當地沉重，彷彿力氣都隨著鮮血一點一滴地流出身體，即使睜開了雙眼，在伸手不見五指的黑暗中，茂林也看不到任何東西，毫無力量的身體加上沉重的枷鎖讓他幾乎動彈不得。

四四方方的一坪大小、聽不到任何聲音，茂林全身無力地攤在地上，地板回傳給他一股冰冷與濕黏的觸感。血還在流嗎？會不會就這麼死在這裡？可惡，我還不想死，我還沒有重新開始……

不知道林慶連怎麼樣了？林坤通看樣子是死定了？茂林就這麼趴在地上，全身疼痛難耐，腦中閃過的無數畫面都像是重擊他的拳頭，小時後的日本人、種田，打架、幫哥哥報仇……一點一滴都在那漫長的黑暗中重覆折磨著他。

「幹你娘，真沒人性，怎麼還不送我去醫院，是要我死嗎？」

無垠的黑暗讓茂林陷入了奇怪的回圈之中：回想、睡眠、疼痛、回想、昏睡……，期間還不斷感覺到有一道窺伺的目光從外頭射進來，似乎是想要確認他究竟是不是還活著，偶爾，茂林還會聽到一些低沉的交談聲，像是漏網之魚般落入他的耳膜。

一直到有人打開門，在刺眼的燈光之下走了進來，吵雜的腳步聲將他包圍，兩個人分別從左右將他架起扛在肩上，又一次以拖行的方式將他運送到別的地方。這一次，茂林被放在一間潔白，但充滿消毒水味道的房間裡，睜開眼睛所能看到的，只有炫目的光芒和來回移動的人頭，全都包裹在綠色的口罩和頭罩中。突然間感到腰部一陣劇痛，是醫生開始動手處理他的傷口，痛得茂林快昏過去，「幹，是不會打麻醉藥喔！」茂林咬著牙暗罵……

原來茂林等人被抓到後，獄方並沒有將他們立刻送到醫院去，反而是把他們丟到禁閉室之中。典獄長認為這些窮凶惡極的人救活也沒用，打算就讓他們流血不止而亡。沒想到關了三天茂林還不死，無奈之下才將他送他去醫院救治。林坤通雖然被槍擊中了頭部，但沒有穿過頭骨，也活了下來。林慶連的傷主要在腿部沒有大礙。三人雖然都受了重傷，但幸運地存活了下來。

集體越獄是一條大事，茂林等三人雖然活了下來，但又多犯了一條罪。三人休養好之後，又被調到法院去審判。

「游茂林，你為何不待在監獄中反省自己的罪刑，反而勾結同夥意圖脫逃？」法官的聲音一如往常地低沉，令人感到沉重。

「法官大人，當初我年紀小不懂事，不知道殺人的罪這麼重。後來想說自己來投案，法官會原諒我，給我判輕一點，讓我日後有一個改過自新的機會。結果，沒想到我來自首，卻被判了個死刑。這樣死在監獄裡，我做鬼也討不到飯吃。法官，換成是你，難道你不逃嗎？」茂林雙眼注視著法官，堅定地說完逃獄的真實想法。

「陳賀文是你的同房，為什麼你把他綁了起來。他和你們關那麼久難道不知你們的計畫？」

「陳賀文他並不知道。我們就是害怕他洩漏秘密才把他綁起來的。」茂林也在為陳賀文開脫罪責，他不想多連累一個人。

法官又詢問一些犯罪動機，最後決定休庭另審。

茂林的一番話打動了法官，為避免造成一樁冤獄，決定重新處理茂林的案件。首先，法官撤消了茂林的死刑，接著要求地方法院重新審理茂林的案件。

在重審的這段期間，茂林安份地養傷。他知道自己有活命的機會，行為也比較檢點，畢竟這個機會是挨了一顆子彈換來的。

經過幾個月的審理，最終茂林的死刑改判為無期徒刑，原有的十五年殺人未遂維持原判，但又多了一條五年的逃脫罪。刑法的精神是數罪並罰，雖然他多了五年的逃脫罪，但最後要服的也是無期徒刑，算來他還是賺到了。

「恭禧啦！」古俊煌聽說了茂林的判決向他祝賀。

「恭禧什麼？」茂林一臉疑惑看著古俊煌。

「聽說你撿回一條命啊。」古俊煌已有許久沒見到茂林，知道他免除了死刑，頗為他感到高興

「什麼撿回來一條命？我是用一顆子彈換回來的命。如果不是我好狗命，早就死翹翹了。」茂林拍了後腰的傷口處，呵呵地笑道。

「說的也是，你也是真敢拚啊！」古俊煌輕輕拍了拍茂林的肩膀。

「幹，這個典獄長真是個人渣。讓我血流了好幾天，還不給我打麻藥。」茂林想到典獄長這樣對待他，仍舊一肚子火。

「你現在有什麼打算？」古俊煌開始轉移話題。

「我哪有什麼打算，關一天是一天啊。不過，過不久我就要下監獄服刑了。」

「你沒想要再拚看看？」

「如果有機會，我當然也要拚。我現在是判無期，就是再逃一次，最多再判五年。合併執行也是無期，我在怕什麼？」茂林雖然沒有念過很多書，但他的算盤還是打得挺精

的，他明白再越獄一次也不會加重他的刑期。

「其實……」古俊煌湊到茂林的耳邊小聲地嘰哩咕嚕了幾句，只見茂林先是皺了皺眉頭一臉疑惑，接著越聽越是明白，緊緊靠在一起的眉毛才漸漸舒展開來，露出原來如此的表情。

「不如多找幾個兄弟一起動手，這樣機會也比較大……」茂林明白了古俊煌的計畫，並認真他提建議。

「我想想……我這邊可以找黃再發、鄭財德、周振全他們，你那邊呢？」

「陳漢山、陳德勝……我想想，朱春木也不錯，還有楊鴻源，這幾個都很有種，我再去問他們看看。」

「沒有出什麼差錯的話，下星期就可以動手了，你說選誰做目標比較好？」

「那個台中來的老三最近很猖狂，我看就選他吧？」

「好的，先這樣說定了，你我分頭找人行事。」

原來古俊煌提出的逃獄計畫是找幾個犯人共同犯則，然後趁著法庭傳訊的時候藉機逃亡。這些人必須是要信得過的，而且要有種，最好是重刑犯。茂林雖然已被改判無期徒刑，但他不想坐穿牢底，古俊煌一提出逃亡的建議，他立刻同意。

一天放風的時候，獄警如往常一樣在四周巡邏。犯人們三五成群地四處亂晃，或者在廣場上做些運動放鬆身體。時間一分一秒過去，距離放風時間結束還有十分鐘，廣場較遠處突然傳來了吵鬧聲。

幾名獄警察覺狀況有異，揮舞著警棍衝了過去。「學弟，趕快呼叫支援，快！」一名老資格的獄警一馬當先拔出警棍，奮力地推開擋路的犯人。但是，原本蹲在一旁休息的犯人故意三五群聚，讓廣場內的秩序剎那間亂成一團，要往前走一步都很困難。

「讓開！讓開！」就在此時人潮中心點開始傳出陣陣哀嚎聲和怒嚎聲。

「幹，我很早就看你不爽了，你不是很狠嗎？怎麼現在又不行了？」緊接著是拳頭毆打臉部的碰碰聲傳出，接著又是另外一聲求饒：「你誤會了吧，我又與你沒有仇。」

「幹，給你死！」幾聲不同人的吶喊聲之後，又是一陣拳打腳踢的聲音；原來是古俊煌、游茂林、陳漢山、陳德勝、朱春木、黃再發、楊鴻源、鄭財德、周振全等人在圍毆來自台中的老三。

「住手！住手！全都給我住手！」獄警推開湊熱鬧的犯人，擠到圓圈的中央時，正巧目睹了古俊煌一記右拳在他的臉上炸開，伴隨著從嘴巴噴出的血液口水，老三重重地摔倒在地。

「通通給我住手！蹲下！蹲下！通通蹲下！」幾名獄警在這時候也趕到了人潮會聚處，經過一番努力才讓所有人都蹲在地上，維持住秩序。

「是誰幹的，給我站出來。」他同時指揮一旁的獄警將那名被痛打一頓的犯人送去治療。

「是老三先動手的。」古俊煌率先舉起手來，雙手抱頭走到獄警面前蹲好，茂林與其他幾個人，也紛紛走向前來自首。

「居然有這麼多人……你們這些混帳全都給我蹲下。後面的把他們銬起來，押下去，太不像話了。」後頭過來了一批人，拿出警棍毆打茂林等人，並且取出手銬將他們一一上銬，拉成一團送了出去。

茂林等人犯了則之後，全都被關了禁閉，等待法庭的傳訊。逃獄計畫的第一步算是完成了。接著就等法庭的傳訊，然後從法院逃跑。然而，法官也不是省油的燈。當法官看到這個案子的共犯都是重刑犯也起了疑心。他擔心將所有的犯人傳喚到案會控制不住場面，只先傳喚了古俊煌、周振全等四人。

如古俊煌所安排的，當他們四個人被傳喚到法院後，趁著法警的疏忽，制伏了法警順利逃脫。不過，他們在外頭沒有人接應，才剛跑到台北火車站，就被抓回來了。監獄外頭沒有人接應，即便逃出去了，也逃不遠。

03　越獄

服刑

茂林沒能如願從台北看守所逃出，民國四十二年三月十四日，被移送到台中監獄。台中監獄建於民國前十六年，一向以管理嚴格聞名，許多難以管教的犯人都被送到這裡服刑。

茂林一行人在警方的重重戒護下來到了台中。為了押送這批問題份子，警方出動了大批人力運送，手銬腳鐐一件不少，就怕脫逃的事情再次發生。

囚車經過林森路之後，來到自由路，鐵灰色的高聳圍牆將天空幾乎遮蓋，接著再穿過兩個檢查站、一扇緩緩開起的大鐵門之後，囚車發出嘰的一聲停在監獄中庭，四周等待著的警員一擁而上。

囚犯們在警員的押送下踏出車箱，緩緩地排成一條長龍進入室內。迎接他們的是警衛森嚴的一道道關卡，所有人經過報到、檢查、問話等手續後，被送到下一個的房間。直到所有的程序走完，才依照刑期輕重分發到各自的囚房。茂林也由此展開新的監獄生活。

「黑狗，那麼會碰巧，你也被送來這裡啊？」一個臉上留有刀疤的受刑人向茂林主動攀談。

「是啊，阿源，你也在這裡啊？」阿源是在台北看守所的舊識，茂林沒想到在這裡也有熟人，相當地高興。

「聽說你在看守所險些就拚出去了？」茂林在台北看守所逃亡的消息早就口耳相傳到了台中。

「你怎麼會知道？」

「我消息這麼靈通怎麼會不知道？」茂林剛下監獄，還不知道藉由犯人們的移監會把消息傳遞的有多快。

「說起來真正是好險。差一點就死在裡面。典獄長真是太沒人性了……」茂林又抱怨起他沒有及時被送到醫院的事情。

「你也是真大膽啊，到底是怎麼拚的？」阿源好奇問道。

「我跟你講……」茂林鉅細靡遺，每個步驟都如實地跟阿源說了。監獄生活實在無聊，茂林好不容易遇到熟人，眉飛色舞地開了話夾子。

「你們是在講什麼，講得那麼開心……」一名受刑人在旁聽到茂林講到逃獄的事走過來搭訕。

「聽黑狗講一些逃獄的事情啦。這個是黑狗林，殺警察進來的，判無期。黑狗，這是台南磚仔厝的老大矮腳泉啦。也是殺死人進來的，和你一樣也是無期。」阿源忙著幫雙方相互介紹，側重點都是刑期與罰則。茂林聽到對方也是無期，頗有惺惺相惜之感，熱情地點頭示意。

「原來你就是黑狗林。我有聽鐵榮說過你的事情。你真敢拚啊！」矮腳泉說的鐵榮就是楊榮聰，他們兩人原來也是認識的。

三人聽到各自認識的人都有相互交集，談起話來更加投機，開始聊起監獄生活、犯罪歷史等等，茂林也很快地與矮腳泉交起了朋友。

茂林的重刑犯身份，逃獄、殺警的事績，再加上一些舊識的宣傳與相挺，他很快在台中監獄打開了局面。經過看守所的歷練，他也學會了做人，懂得適時地捧人一下，不再完全是逞凶鬥狠。他逐漸了解到要廣結人緣，避免與他人結仇，才是最佳的生存之道。

一般而言，監獄的生活會比在看守所得更容易熬一點。因為受刑人要下工廠做工，數一數日子，再挺一下，也能看得到出獄的那一天。可是，對於茂林來說，卻完全是另一種情況。他被判的是無期徒刑，再怎麼數也數不到出獄那一天，根本無法為出獄做盤算，所以他的日子雖然相對舒服，但逃獄的念頭在他的心中始終沒有停止過。他仍舊不斷地在尋找機會。

「黑狗，你在做啥？」一名受刑人看茂林在下工廠時不知道在做什麼，好奇地問了起來。

「沒有啊，哪有在做什麼？」茂林想隨便含混過去，但那名獄友不死心地又靠了過來，結果被他看到了藏在操作台邊上的東西。

「你怎麼做這個……要是被發現怎麼辦？」獄友突然用左手遮住嘴巴，講話的聲音又更小了些，不時還左右張望，怎麼看都像是心虛害怕的樣子。

「看什麼看，趕快回去做你的事情！」茂林不客氣地推開了那名獄友。

「跟我說一下又有什麼關係……」被茂林推開後，他還訕訕唸著。回到自己的位置後，還不時抬頭往茂林的方向偷看。

原來茂林正將一個鐵片打造成刀片，用布條把它纏繞起來，就可以成為一把利害的武器。茂林總結了幾次逃亡失敗的經驗，認為主要原因在於沒有對抗獄方的武器。為了在逃亡的過程中，也可以挾持獄警作為人質，他特意打磨了幾把刀子。

「黑狗，你那邊東西都做好了？」一名獄友趁著搬運物料的同時詢問茂林。

茂林將壓在工具下頭的東西露出一點邊，獄友點點頭，搬著物料又去通知其他同夥。這次茂林參與了一個越獄計畫，計畫趁著下工廠的時候引發動亂，挾持獄警為人質逃跑，完全是硬碰硬的做法。

茂林與矮腳泉好不容易集結了十二個人，暗地聯繫了一個多月，討論好所有細節並且準備了工具，終於決定在一周後的星期四行動。

星期四下午天氣相當炎熱，趁著進工廠工作的機會，做好準備的十二名犯人，正打算按趁著巡邏交接的時刻動手，沒想到卻被潛藏在工廠外頭的獄警團團包圍，茂林還來不及抽出刀子就被幾個人壓在地上。

其他幾名受刑人本想趁亂脫逃，卻又被圍上來的獄卒們一一逮住，燈光略嫌陰暗的工廠內，瞬間湧入了大量的制服獄警，被壓在地上的人們動彈不得難以掙扎，脫逃計劃還未實行就已經結束。

「想在我眼皮下搗亂，有這麼容易嗎？」一名穿著筆挺制服的獄警大跨步走進工廠，身邊還跟著三名荷槍實彈的隨從，被壓在地上的受刑人們只得仰望他的面孔和名牌，正是值班小隊長徐萬貴。

「可惡啊……怎麼會……」一名受刑人用力地搥打地板，卻被壓著他的獄警重重地踢了一腳。茂林本想要奮力掙脫壓在他身上的三個人，發現自己的手腳一點力氣也沒有，只得作罷。

原來徐萬貴在茂林他們行動前得到了密告，因此安排了重重警力準備來個甕中抓鱉。這個告密的「抓耙子」就是發現茂林製作刀具的那個犯人。為了獲得提前出獄的機會，他出賣了獄友、出賣了所有人。

這次的事件引起了典獄長的擔憂，他不能確保每次都會有人來通風報信。為了防止下一次的越獄事件發生，他決定將茂林等幾個刑期較久、容易鬧事或想要越獄的受刑人轉送往其他監獄。由別的監獄來承擔管教責任，以維持台中監獄的良好運作。

最終他選定了包括茂林在內的十個犯人移送到嘉義監獄。這次移監的防範特別嚴格，為了防止逃跑的情況發生，受刑人不只全程戴上戒具腳鐐，還嚴格禁止彼此交談，一有風草吹動就是拳腳棍棒伺候，讓所有犯人只能老老實實地待著。

經過長途跋涉，好不容易來到嘉義監獄，這些戒護人員心想終於可以丟下這個大包袱，沒想到嘉義監獄卻拒絕全部收容。它們只挑選了其中六個比較好管理的受刑人，茂林等三名重刑犯又風塵樸樸地被送回台中監獄。

到了台中之後，典獄長也不肯讓這些人再回來。他又打了電話與嘉義那邊聯繫，不知道他想了什麼法子，最終總算說服了嘉義監獄。茂林等人才又被送到嘉義監獄。茂林成為了各家監獄不願收容的燙手山芋。

經過報到、檢查、問話等手續後，茂林以為會被分派到傳統的九人房，沒想到卻被帶進一個密閉的房間之內。他剛要找地方坐下來休息，突然間一層麻布蓋在了他的臉上，緊接著拳頭如雨點般降落，一隻臭腳重重地踹進他的肚子，痛得他彎下腰來。然後，又被人按到椅子上，以脖子靠緊椅背臉孔朝上的姿勢被人用力壓著。

「灌水！」一聲低吼，麻布突然變得濕潤、沉重，一旁的獄卒將水龍頭連上水管對著茂林的臉直沖，吸了水的麻布密合地貼在茂林的口鼻上，嗆得他呼吸困難只得拚命掙扎，但四肢又被抓得緊緊的，絲毫動彈不得。

灌水的刑罰來回了幾次，每次都持續了將近一分多鐘才停止，嗆得茂林上氣不接下氣。

「把他給我吊起來！」黑暗中又傳出一聲冰冷的命令，才剛從酷刑中挺過來的茂林又被獄卒們高高抬起，用繩索綁在十字架上。

茂林就這麼被吊了整整一個星期，四肢絲毫動彈不得。在這期間，獄方只給他吃了一點流食。從十字架上放下來後，早已虛脫得無法站立。可是，獄方還不給他休息的時間，隨即將他送往一座鐵灰色房屋之中。那裡才是真正準備來對付他的殺手鐧——獨身房。

這裡除了安靜、死寂、孤單和黑暗陪伴著茂林之外，什麼都沒有。每天只能吃飯和睡覺。茂林依照著送來的三餐，推測著時間的流逝，他安慰自己過不了幾天就會放出去了，但一天、兩天、三天……直到過了一個月。

茂林心想該是把我放出去的時候了，外頭適時傳來一陣腳步聲。聽起來像是兩個人前後穿過長廊，一步步地朝著茂林所在的房間靠近。茂林屏住呼吸，緩慢地從窩著的角落起身，將自己的移動混在外頭的腳步聲中，寧靜而低沉地貼到房門邊，期待著獄卒來把他帶去。

「×××，出來！」獄卒的聲音冷漠而遙遠，手上的鑰匙圈上下跳動，叮叮噹噹的聲音在長廊之間擴散著，茂林才意識到不是來放他的。

茂林失落地回到習慣窩身的角落，雙手環抱在屈起的大腿前，在膝蓋上交疊成抗拒的保護圈。他徹底死了心，他猜到他不是被處罰關禁閉，而將會是一直被關下去。

在這不見天日的狹小房間，每天過著無事可做的生活，他終於體會到為什麼監禁是不同社會對於犯錯的人的通行懲罰。

佛教說人生的本質是痛苦的，有「生苦」、「老苦」、「病苦」、「死苦」、「愛別離苦」、「怨憎會苦」、「五取蘊苦」、「求不得苦」，但它卻忽略了「無聊」也是人類主要痛苦根源之一，剝奪一個人的生存權利，將他從群體中隔離出來，就是對人類最大的懲罰。

茂林的身體常常蜷縮成一顆小球，像是返回母親懷抱中的胎兒，只有這樣才能夠讓他感到些許的安心。腦袋沒有辦法思考，孤獨的痛苦幾乎將他逼瘋，就連日升日落都無法得知。

「爸……媽……」空虛寂寞的氣氛將茂林團團包圍，混雜周身的黑暗之中重重地壓在他的肩膀，茂林開始往自己的身體內收縮，越縮越小越縮越小。過往的回憶從四周升起，像是走馬燈一般繞著他頭頂旋轉不止。

茂林感到一陣噁心，整個身體都毫無力氣，不知是怎麼回事就這麼軟倒在地，手銬腳鐐更加重了他身上所囤積的不適感，彷彿就能這麼沉到地底下去，不管是手、腳的肌肉都發出不舒服的吶喊而顫抖著。

掙扎著往廁所爬去，像是一隻蠕蟲般捲曲著身體，將手銬連著手臂往前大力推去，然後手腳並用將自己往前拉，前進小小的一步就讓他喘氣喘個不停，得費盡千辛萬苦才能爬到廁所裡頭。

接著拱起上半身，一股作嘔感立刻從腸胃中奔騰而出，連帶著讓他萬分痛苦地嘔出一肚子未消化的食物和酸水，全都噴進了馬桶之中，吐到連一點東西都吐不出來時，茂林才覺得感覺好上一些。

這是獄方刻意不讓犯人們攝取鹽分所造成的結果，被關在這裡的犯人經常肌肉痙攣、頭痛噁心、全身無力、甚至上吐下瀉、全身懶散無力。茂林全身無力地軟倒在地，卷縮成一團感受著體內有如鐵鎚擊打般的痛苦。

過了幾天，突然有人來敲茂林的鐵門，一個不熟悉的聲音傳了進來。

「這位弟兄，你有信仰嗎？」茂林不知道有多久沒有聽到人的聲音了，他異常興奮，抬起頭朝著門口爬了過去。

「這位弟兄，你有信仰嗎？」牧師操著濃厚的北方口音又問了一次。

「信仰？信什麼？」茂林雖然不太會說國語，但大致明白對方的意思，他熱情地回話，只怕對方不再理他。

「信耶穌，耶穌基督，我們唯一的神。」牧師認真的說道。

「耶穌？他是幹嘛的？」茂林好奇地問著，他從來沒有聽過耶穌基督的名字，觀世音菩薩、保生大帝他倒是很熟，但從來沒有聽過一名叫做耶穌的神。

「耶穌是神的孩子，代替神來到這個世界上承擔所有人的苦難，他是羔羊、是殉道者、是我們的主……」牧師滔滔不絕地講著耶穌的偉大。

「等一下、等一下！信耶穌可以怎麼樣？」茂林為了與人多說幾句話，刻意打斷牧師的說話。

「信耶穌便能得到永生，這樣你在死後就能重生上到天堂，回到神的跟前過著永世幸福的日子，不然就會下地獄，遭受永不止息的折磨……而且，信耶穌的話就可以吃到鹽。」牧師突然壓低音量，蹲在平常獄卒們送飯給茂林的長方形貼地的小開口邊說著。

「鹽？是鹽嗎？」茂林不知道他的身體不適是因為缺少鹽份造成的，但許久沒有吃到的鹹味讓他相當想念。

「如果你願意信耶穌的話，每次我來你都會吃到鹽的。」牧師毫不避諱，直接以鹽來利誘犯人信教。他傳教的手段非常高明，不只顧及人們的精神需要，還不忘人們的基本需要。

「好啊，好啊，我跟你信耶穌。」茂林趕緊點頭稱是，他每天無聊的要死，只想要有人來陪他說話。

「很高興你能相信主耶穌的力量，迷途的羔羊，你可以趁待在這裡頭的時間好好體會主的力量，我會再回來看你的，阿門。」說完牧師轉身離去。

之後，每隔幾天牧師就會帶著鹽做的小丸子來看茂林，同時跟他說一些聖經的故事，以及做人的道理等。茂林雖然不相信聖經所描繪的神話故事，但生活太過無聊，他也認真地體會牧師所說的，甚至一筆一畫學習書寫與背誦。就這樣，不知不覺地，茂林居然學會了寫字。

「1335，出來吧。」獄卒敲著牢籠的鐵門。

「好的，好的。」茂林以為是要來放他出去的，非常地興奮。

「不是放你出來的，不用這麼高興。有人來給你會客……到時你說話小心一點。你要是敢亂說話，小心你關不完。」茂林一臉莫名其妙狀，他搞不得為什麼獄方特別給他警告，便隨口應了一聲。

寬廣的會客室中一整排隔著玻璃和鐵窗的座位，兩邊各有一扇面進入的門，四周則是透明的窗戶和鐵欄杆所構成的毫無隱私的空間。茂林被帶進會客室中，手銬和腳鐐暫時被取下，獄卒站在他的身後待命，其他犯人們也被安排在各自的窗口。

從大家臉上的表情看來，似乎都相當期待這個機會。

茂林看了看桌上，上頭只有一架小小的對講機可供使用，抬頭則看到窗口對面有兩個人在等他，一個是茂宗，另一個是從來沒看過的中年男性。

「阿宗，你來了？」茂林口氣有點擅抖，久未見到家人內心非常激動。

「阿林，這位是我們台北縣縣長謝文程先生。如果不是他的幫忙，我們還不知道原來你被調到這裡。你要多謝他大老遠地來看你。」這時茂林才知道為什麼獄警剛才給他說那些話。

「縣長你好，多謝你。」茂林跟謝文程點頭致意，心想有他來看我，離開獨身房的日子應該也不會太遠了。

「我們這次來看你，是看能不能讓你好過一點，甚至是把你調到離台北近一點的監獄。」謝文程客氣地跟茂林說著，表情非常誠懇。他在競選台北縣長時，游家給他幫了不少忙，為了回饋游家的支持，他特意來到嘉義探望茂林。

「縣長，多謝你，真正多謝你。」茂林激動地都快流出淚來。

「你放心啦，一切都有我。有特赦、假釋這種政策，你只要表現好一點，有機會早點出來。」謝文程安慰著茂林的情緒。

「我知道啦，我會好好表現。」茂林心想特赦什麼的我不敢想，能不讓我關禁閉就是萬幸了。他不禁想說出一直被關禁閉這件事，但一想起獄警的警告，剛到喉嚨的話又吞了下去。

「家裡一切都好，你不用擔心……」茂宗趁著還有一點時間，趕緊描述著家中的近況，帶來家人的問候。

「是喔，那樣我就放心了……」

「……」

短短的十分鐘會客時間很快就結束了，茂林並沒有因為縣長的探視而增加一丁點時間。事實上獄方擔心他會透露太多不該說的東西，根本不想讓他會客。茂林很快地又被送回了那間黑暗、沒有希望的暗房。

茂林的內心當然期盼著台北縣長的關說，能讓他的日子好過一點，可是，日子一天一天過去了，他仍舊沒有被放出獨身房。

一天，茂林正在獨身房裡發著呆，躺在地上望著眼前的黑暗。突然，四周的空氣像是被壓縮一般令他窒息。茂林的雙手在脖子上爬抓，拉出一條條血痕。接著，異樣的寧靜再次將他包圍，空氣又變成有重量一般將他重重地壓在地上。

遠方亮起了一點點光芒，彷彿是甚麼熟悉的場景。

記憶中的三合院、木造的床架和黃土牆，那一切的一切都是如此熟悉。就連四周的樹林、廣闊的稻埕，都像是泰山的老家一樣。

茂林吃力地往前爬，但那圈光芒像是永遠到不了的幻境，不斷地在天際邊來回飄動，不管茂林怎麼伸長了手就是勾不著。好不容易費盡了力氣才爬到光圈的邊邊，探頭一看，卻看到母親躺在床上，雙眼緊閉著，頭部軟綿綿地陷在床頭，緩緩地左右擺動著。

家人們都陪在母親的身邊，父親更是不捨地抓著母親的手放在自己臉旁。而自己呢？自己在哪裡？茂林在畫面中看不到自己的身影，卻看到每個人的臉上都掛著淚痕，莫非……

「阿林……阿林……我的阿林……」溢散出來的話語不成文章，母親看起來並不是太舒服。

茂林感到自己的心臟像是被人用力握緊一般，恨自己不能陪在母親的身邊。四周的黑暗又起了動靜，茂林感到有種無形的力量正在拖動他的雙腳，要將他從那圈光圈中拉開。

「不要拉我！讓我留下來！」茂林奮力地抵抗著，甚至想要用手拉住光圈的邊緣，但這一切都是徒勞無功，那奇異的力量讓他無法動彈，茂林只得看著母親的臉越來越模糊，一直到遠得看不清楚，只剩下一小點光點為止。

「媽！」睡夢中的茂林突然驚醒，手腳不自然地抽蓄，而右手則是用力地伸向眼前的黑暗之中，像是要緊緊抓住甚麼。

但他甚麼也抓不到……

已經遠去的夢境，就連回憶也不留給他。

為什麼？為什麼自己會被關在這裡……茂林感到眼角有些濕潤，痛苦的淚滴默默地從臉龐滑落。為什麼要讓自己淪落到這步田地，每天被關在這個又小又黑的地方，過著孤單又不見天日的生活？

恐懼再次從內心爬了出來，像是隻野獸般啃咬著他的肉體。如果可以的話，希望一切可以從來，不要那麼激動地去犯案，也不要做下那些蠢事，而是老老實實地種田放牛，過著平凡的一生……

但一切已經來不急了，過去的事情都已經發生，蜷縮的肉體也已經被關在這裡。茂林一個轉身，淚滴又從另外一處滑落。好怕，好怕自己再也沒有轉圜的餘地，是不是一直到死都會被關在裡面？

茂林突然撐起身體，在黑暗之中看著那片地面。接著用力地用拳頭敲打著地面，發出碰碰地悶哼聲。沒有理由地，茂林接連敲打了幾下，一直到疼痛將他喚醒為止。

直到他確認自己還沒有瘋掉！

黑暗之中，茂林對自己發誓。

如果可以離開這裡，一定要重新做人。

因為……他再也不想踏進這片黑暗之中。

「1335，出來。」沉重的鐵門敲擊聲，接著是開鎖的鑰匙扭轉聲，配上相當吵雜的金屬刮擦聲後。一絲陰暗的光條緩緩射進獨身房，在牆角邊拉出長方型的一小塊光條。茂林雙手撐地，緩緩地站起。他不敢相信是獄卒要把他放出去。

「動作快一點！」獄卒的叫囂聲點醒了他，茂林趕緊以最快的速度走出黑暗中，跟著往外走去。

警棍戳著他不斷前進，沿著當初被關進來的那條路往外走。經過了層層門鎖，茂林踏出禁閉著他的那座孤島，重新回到世界之中。刺眼的陽光讓茂林有點不太適應，反射性地瞇起眼睛繼續往前走。寬廣的天空、遼闊的操場和建築物，這些都是之前再難體會到的。終於，能夠再次走在這一片空間。

「大人……」茂林的眼光突然撇到一旁，有一種熟悉卻又遙遠的記憶將他勾住。

「要幹甚麼？」獄卒不滿地停下來看他。只見茂林指了指旁邊，邁開步伐走了過去。

茂林舉起掛著沉重手銬的手，緩緩地放在一顆木瓜樹的樹幹上。一環環往上生長的木瓜樹長得比他還要高，翠綠的樹葉之下還掛著一串青黃色的木瓜，結實累累充滿著生命力。

這不就是他被關入獨身房之前的那顆小木瓜樹嗎？想不到，它已經長得這麼大了，而且還結了如此多的果實。

「請問現在是幾年幾月？」茂林回頭問了一個很傻卻又迫切想知道的問題。

「民國四十五年十二月。」獄卒看到茂林的痴樣還以為他關傻了。

茂林估算了一下，原來在獨身房裡被關了三年，三年前這顆木瓜樹才這麼高一點，而今卻高聳入天，茂林不禁感慨時光飛逝。

茂林被送回了一般牢房後，開始過著規律的監獄生活。每天早晨起床、盥洗、下工廠、吃飯睡覺，雖然還是關在牢中，但感受完全不同。這裡有其他受刑人可以聊天、還可以下工廠做點手工，對比於過去三的生活，宛如天堂一般。茂林相當珍惜這種日子，安分守己，就怕再被關到獨身房去。

「黑狗，你有聽說了嗎？」一天下午茂林正在做著手工，一位牢友跟他搭話閒聊著。

「甚麼事情？」茂林用力地將藤條拉到另外一邊，認真地交錯穿過其他藤條，每天他們所做的手工就是如此，用藤條來製作運送瓶裝酒的酒籃。

「大赦啊。一年多前蔣介石當選第二屆總統，現在要大赦天下！」牢友一邊說還一邊比手畫腳地，一副他就要出獄的樣子。

「大赦有我的份嗎？」茂林知道大赦會減輕受刑人的刑期，但他還是不敢相信會惠及他這個無期徒刑犯。

「應該有啦，不然怎麼會說是大赦呢？」牢友說起來就像他是大法官似的。

不論如何，減刑對受刑人來說，就像是溺水的人碰到了浮木一般。不論希望再怎麼微小，也要一試。茂林心想好好地工作，再加上大赦，搞不好真的可以獲得假釋。於是，他開始全心全意地工作著，一天下來居然能做出七十五個品質具佳的酒籃，成為受刑人中的模範。當典獄長得知這個消息感到非常得意，對於不人道的管教方式更加有信心。他相信不論再怎麼難管的犯人，只要關上幾年禁閉，就能循規蹈矩。

民國四十六年，茂林因為表現良好而被送回台中監獄。他滿心期盼這次大赦能減輕自己的刑期，獲得假釋出獄的機會。可是，不僅沒有獲得減刑的機會，還因為「台灣省戒嚴時期取締流氓辦法」被送到台北板橋職業訓導第一總隊進行管訓。僅僅憑著幾天的好表現，就想獲得假釋的機會，茂林的想法也未免太天真了。

05 管訓

民國四十一年四月三十日，行政院公佈了「台灣省戒嚴時期取締流氓辦法」：凡有組織幫會、招徒結隊、要脅滋事、收保護費、欺壓善良、包攬訴訟、不務正業、招搖撞騙、強迫買賣、包庇賭娼、擾亂治安、未經自新、徒刑或拘役之刑事處分二次以上仍不悛改、懶惰邪僻成性而有違警習慣等行為者認定為流氓。

台灣省保安司令部設立了台北板橋職業訓導第一總隊、台東岩灣職業訓導第二總隊，以及台中后里職業訓導第三總隊等，進行流氓的收訓工作。民國四十四年起，全台進一步展開肅清流氓工作，凡符合刑法第一五四條、各級警察機關依違警罰法第廿八條，以及台灣省戒嚴時期取締流氓辦法之條件者，予以移送矯正處份。

犯行程度則分為甲、乙、丙、丁四級，刑期依次是四年以上、三年、兩年、一年；許多具有黑道背景的議員、政治犯也因此被送去管訓。茂林雖然已在監獄服刑，但依舊被評定為甲級流氓，移送職業訓導第一總隊進行管訓。

「游茂林？」值星官謝未生站在隊伍前方，以嚴肅的表情瞪著隊員們進行點名，凡是稍有疏忽的人馬上被他處罰。

「有！」茂林一聽到自己的名字，立刻全身站得筆挺，右手高高舉起、握拳貼齊耳朵。如今茂林也換上了一身軍服，跟著其他管訓的犯人一起在操場上操練，他隸屬第一大隊第三中隊第四分隊第三班。

職訓總隊的編製與軍隊類似，一個總隊下轄三個大隊，每一大隊又有三中隊，一中隊有四分隊；總隊相當於師級、大隊相當於旅級、中隊相當於營級、分隊相當於連級。

「李家明？」

「有……有！」一名晃神的菜鳥立刻被謝未生重重地打了一下頭，「沒吃飯是不是？不會大聲一點啊？」

「陳智偉？」謝未生看陳智偉一付無精打采的樣子照樣一拳打了過去，直打得他在地上亂滾。

「把這個陳智偉給我抓起來！」他剛得知陳智偉原本是販毒的，特意找他麻煩給隊員們下馬威。

「報告，我沒有犯錯啊！」陳智偉滿臉失措的大喊，他還不知道在這裡被打也是矯正的手段之一。

「立正也不會，給我打三十大板！」班長聽到命令，立刻把陳智偉架到隊伍前面，手拿棒棍使勁往屁股打。

「啊，啊，別打了啊！」陳智偉大聲求饒，但班長下手一點也沒有放輕，他們認為管訓隊員都是窮凶惡極之徒，根本一點也同情。

「啊，再打會死人啊！」淒厲的慘叫聲傳遍了整個操場，陳智偉被打到皮開肉綻、血花四濺。

「你們小心一點，若不聽話下回就是你，繼續點名。」謝未生板起了臉，嘴角仰起，一付沒把隊員看在眼裡的樣子。

「李明達？」

「有！」

「錢小欽？」

「有！」

「孫明……。」

點完名之後，接著是跑步訓練。「成跑步隊形，跑步走。」謝未生在隊伍的前方領跑，其餘各班的班長則在隊伍旁維持隊形。

「答數！」班長大吼一聲，後頭的隊員們趕緊使盡吃奶的力量回應。

「一」、「二」、「三」、「四」

「一二三」、「四」……震天的喊聲迴蕩在操場之上。

這些班長都是參加過二戰的老兵，體力非常好，速度越跑越快，過了三千米，便開始有隊員跟不上而落隊。「沒吃飯是不是？不會努力跑嗎？」一名班長解開皮帶跑到隊伍後頭抽打隊員，「他媽的，給我跑！」班長就像趕馬車似的，狠狠地抽打那些速度慢下來的馬兒。

跑完五千米後，謝未生不給隊員太多休息的時間，又讓隊員們做起了伏地挺身，「一、二、三、四……」數不到二十便有隊員賴在地上起不來了。

「你們這些人渣又要偷懶了！」一名士官長抓起棍子衝上前去，二話不說就往隊員們身上招呼。「給我記住，你們是來接受教育的，不是來當少爺的！」那些做不來的隊員最後被集中起來加強鍛練，訓練場所被轉移到了廁所，在糞坑上做伏地挺身。謝未生認為在糞坑上進行訓練可以激發隊員們的潛力，直到用盡每一分力。

一整天下來，茂林他們還要接受基本教練、障礙跑、衝刺往返等等，比軍隊的訓練有過之而無不及，甚至到了晚上也沒有休息的時間。今晚謝未生佈置了一個抓蚊子的工作，要求每人在一個小時內交出三十隻蚊子的屍體。隊員們爭先恐後地追著蚊子跑，有人甚至脫光上衣試著吸引蚊子來咬他。

「幹，這個謝未生真是太變態了。」茂林正緊盯著四周的蚊子，準備一巴掌拍過去。

「今天陳智偉差點就被他打死，你說話小心一點，不要被聽到了。」「是啊，不然就慘了。」小李、小張兩人壓低了聲音說。

「聽到就聽到，幹，他敢把我怎麼樣。」茂林看這兩人害怕的樣子，話說得更滿了。

「我們還是安份一點，不要惹到他，他打死人也不用負責。」小李話沒說完，茂林已一掌拍了下去。

「幹，沒打到。……總有一天要給他教訓一下。」茂林作勢就像打隻蚊子似的。

「黑狗，你說別的我還會相信，說要教訓謝未生，這吹牛吹得有點過分了。」小張說完轉頭與小李對視而笑。

「到時候你們就知道了。」茂林又張手攻擊了一次，這次終於打死了一次蚊子。

職業訓導的設立目的與監獄不盡相同，它旨在使流氓改過向善，並獲得謀生技能。它設計了三個階段來改造隊員：第一階段是三到六個月的基本教育，謂之新生訓練，期間施以軍事訓練，首要任務就是將所有人的流氓氣息壓制一番，讓他們變得聽話。第二階段是勞動教育，無時間限定。除公家的建設外，並接受當地百姓申請，讓這些隊員們去幫忙做工；第三階段是實習教育，學習漁業養殖、農產種植或手工藝等。

茂林在板橋職一總隊所接受的正是軍事訓練，各種不合理要求，就是為了讓隊員學會無條件的服從。在這裡隊員之間已經不再比誰比較凶狠，因為長官才是最狠的。他只要看誰不順眼，就可以把他叫出來修理一頓。

隊裡的操練讓隊員們叫苦連天，但茂林卻不太反感，每天不同的鍛鍊反而讓他感覺很有趣。遭遇過三年獨身房經歷後，肉體上的磨練對他而言根本不算什麼。而且職訓總隊有開放會客，隊員的家屬可以在限定的日期來進行探視。茂林家住泰山，離板橋很近，可以經常看到家人。從某種程度上來說，他更喜歡管訓的生活。

這一天游登福前來探望，兩人距離上回見面已經五年了。

「阿林叔，好久不見了。」職訓總隊的會客室與監獄並不一樣，不是拿著對講機隔著玻璃談話，可以面對面交談。登福一坐下來，立刻握著茂林的手。

「登福，好久不見了，你娶老婆了吧。」茂林笑笑地拍了拍登福的肩膀。登福的輩份雖然比茂林小了一輩，但兩人年歲相近，以前每天一起上學，感情甚深。

「早就娶了，孩子都好幾個了。」登福眼睛泛著淚水，強忍著激動。

「恭禧，恭禧啊。家裡一切還好嗎？」茂林深切地看著登福問道。

「家裡跟以前一樣都還不錯啊，你爸身體還不錯，大哥……二哥……」登福一邊說著家中的近況，一邊把帶給茂林吃的食物拿出來放在桌上。

「那麼我媽呢？」茂林見登福慢悠悠地說，越聽越心急。

登福眼神閃爍，停頓了一會才說道：「嬸婆……已經去世了。」

茂林聽到「去世」這句話，晴天霹靂，淚水無法控制地湧上眼角：「怎麼……怎麼會這樣？」他的拳頭緊緊握著，用力的連青筋都冒了出來。

「我的夢……是真實的嗎？」茂林在心中問自己，那天的一切，都是真的？

「已經去世好幾年了。當初家裡說不要讓你知道，擔心你知道了又會想逃獄出來見嬸婆最後一面。我看已經過這麼多年了，跟你講也沒關係。」登福詳細地解釋前因後果，深怕茂林失去了控制。

「害怕我逃獄？其實那時我關在獨身房，就算知道也逃出不來啊。」茂林的口氣很氣憤，對於家中的隱瞞明顯感到不諒解。

「你不要想那麼多啦。好好關，早日出來比較重要。」登福趕緊勸他，擔心茂林一時衝動，又犯下錯事。

「嗯，這個我知道……。」茂林點了點頭，沉默不語。

其實茂林從種種蛛絲馬跡中早就臆測到母親已經過世的事實，但是，如今得到確認還是非常懊惱，他很自責自己沒有見到母親最後一面。可是，管訓隊裡的嚴格訓練讓茂林沒有時間沉浸在痛苦之中，他必須打起精神應付隊裡各種不合理的要求。

經過了幾個月嚴格訓練，茂林逐漸適應了高強度的軍事訓練，體格也變得更加健壯，對於沒能見母親最後一面的事也比較釋懷。不過，他並不感激職訓總隊帶給他的這些好處，反而對這裡不人道的待遇耿耿於懷，並且惦記著要實踐對小李與小張許下的諾言。

一天早上，中隊長徐文福來部隊進行巡視，茂林在集合場中突然舉手：「報告，我的東西不見了！」

「你什麼東西不見了？」徐文福沒想到會有隊員舉手發話，愣了一下，轉頭問道。

茂林沒有回答隊長的問題，直接跑到謝未生背後，一拳打在他的後腦勺，緊接著又是一腳踹過去。

「住手。成什麼體統！」徐文福尚未發話，幾個班長已經將茂林按住，作勢便要狠打。

「你……你……你這個王八蛋！……快給我……給我打死他！」謝未生嘴巴裡頭不斷溢出血水，似乎斷了門牙，講話起來有點漏風。

「報告長官。我有冤情，我有冤情！」茂林一邊喝止按住他的班長們，一邊向徐文福求情。

「全部都給我站好。你們兩個到前面來。」徐文福大聲發出命令，在場的隊員們立刻立正站好，本來正要動手教訓茂林的班長們，只得放下手來。

「你有什麼冤情，為什麼要打他？」徐文福非常納悶，在這裡隊員毆打上級在職訓總隊裡還沒有發生過，他想知道茂林究竟遇到了什麼委屈。

「他把隊裡發給我的內衣褲拿走了。」茂林先向徐文福敬禮才進行報告，顯得訓練有素的樣子。

「我沒有拿他的內衣褲！」謝未生臉色驚慌，矢口否認。原來茂林上週拿了一套新發的內衣褲送他，請他多多照顧。當時他也沒多想便收下來了，還覺得茂林這個年輕人很不錯。這時才意識到，那是茂林所下的圈套。

「不信就去檢查他的個人物品啊，我的衣服都有寫我的名字。」茂林裝著一臉無辜的樣子，口氣很委屈。

「大家都要看到證據才能說話。為了給謝未生班長一個清白，我們公開檢查他的箱子。如果沒有查到，游茂林你就倒大楣。」徐文福話說得很大聲，就怕隊員覺得他有所偏袒。

兩名班長在徐文福的指示下來到謝未生的房間清查他的私人物品，很快地他們檢查完所有的物品，並且找到了寫有游茂林三個字的內衣褲。

「報告隊長，在謝未生的櫃子裡的確找到了寫有游茂林名字的內衣褲。」

「謝未生，你怎麼解釋？」徐文福面色鐵青地看著謝未生，眼神充滿著責備之意。

「這是游茂林上星期拿來送給我的。我堂堂一個士官長，又怎麼可能去偷著他的內衣褲！」謝未生一臉焦急，矢口否認，卻找不出更好的理由。

「報告隊長，我自己都沒得穿了，怎麼還會拿去送給他。」茂林唯恐徐文福信了他的話，還在一旁加油添醋。

「謝未生……你身為士官長，卻不善盡管理之職責，強拿隊員的內衣褲，依法記小過一支。」徐文福面色凝重地訓斥著謝未生，此刻證據確鑿，即便他想偏袒謝未生場面上也說不過去。

「游茂林的行為雖然情有可原，但是以下犯上、毆打上司的罪刑也不可忽視，判游茂林關禁閉兩星期，立刻執行！」隊長命令一下，茂林隨即被兩名班長押到禁閉室去。

雖然茂林被關了兩周的禁閉，可是，他本人還是覺得很值得。在職業訓導總隊裡，隊員從來只有被打的份，還沒有人能夠整到士官長。而他不管怎麼說，也算給了士官長一點教訓。

過去幾個月，茂林曾為了減刑有所收斂，但如今知道自由之日遙不可及，任俠的性格又復萌了。長期的獨身監禁雖使他害怕，但卻沒能根本改變他的性格。

經過了這一次的事件，茂林在職訓總隊裡人緣格外的好。隊員見他總是笑臉相迎，他們認為茂林幫他們出了一回氣。可是，茂林沒有意氣風發太久。一個月之後，他就被調到離家有幾百公里之遠的屏東小琉球職三總隊（原后里職三總隊改隸為職一第三大隊）。本來在板橋他可以經常看到親人，此後要會客就沒有那麼容易了。這是他好出風頭得到的懲罰。

臨行前茂林有幸見到王慶章一面，王慶章特意帶了陳小姐來探視他。

陳小姐在茂林逃亡時與他相好，經常偷偷幫助他，後來因為家境問題，被狠心的父親賣到華西街當私娼。當時茂林曾到他家去質問他父親，但兩人沒有婚約，茂林也沒有立場。而且，茂林又被通緝，自身也難保，只能怨恨造物弄人。事隔多年，陳小姐從王慶章處得知茂林被調回台北的消息，特意跑來看茂林。

茂林見到陳小姐非常感慨，只能要求對方不要等他，並祝賀他早日找到如意郎君。他被判了無期徒刑，不知道要等到猴年馬月才能重見天日出來，而且身陷囹圄，也不能幫助對方什麼。

職業訓導第三總隊設立於屏東西南外海的小琉球，從東港坐船過去大約半小時的航程，是一個珊瑚礁島，一向以海上風景著稱。它的建制與職一總隊相近，人數近千人，總隊長是孫禎上校，一個很豪邁的北方漢子，對日抗戰中頗有戰功，隨著國軍撤退到台灣來。茂林被分發到第一大隊第一中隊第四分隊，分隊長張萬和中尉，與茂林年齡相近，是名二十多歲的青年，看起來人很隨和的樣子。

職業訓導的第二階段是所謂的勞動教育。小琉球在當時非常荒涼，只有一些原住民捕魚為生，百廢待興。保安司令部在這個地方設立職訓隊的主要目的，除了可以防止隊員逃跑之外，也是要利用人力來進行建設，所以，除了日常操練外，職訓隊員每天下午都要分配去農場開墾、搭建房屋、甚至是鋪橋造路，搬石頭建碼頭。

一天，茂林被分派到白沙港附近搬石頭，是進行一個填海整修海港的工程。茂林來回於山上與白沙港之間，剛把一竹籠的石頭倒在海裡，突然聽到有人叫他的名字。茂林回頭一看，是一個熟悉的臉孔，原來是周振全。

「黑狗，你什麼時候也被調到這裡來了？」周振全跑到茂林跟前，用拳頭擊打了茂林胸口一下。兩人在台北看守所時交情就很好，還一起計畫逃獄，沒想到隔了幾年又在小琉球相遇。

「在這個雞不生蛋的地方還能遇到你，真正是好巧。」茂林笑了笑，同樣回敬了他一拳。

「是啊。這幾年你還好嗎？」周振全跟著幫忙將石頭都扔進竹籠裡。

「幸好，沒被關死……」茂林一邊說這些年的遭遇，一邊搬石頭，絲毫不敢有所怠慢。

「不是只有你歹命而已，我們都很慘啊。」接著周振全話鋒一轉，提到了古俊煌。

「對了，你知道嗎，古俊煌也在這裡。」

「是嗎？俊煌也在這啊，我還沒遇到他。」茂林一聽之下眼睛瞪大，露出了驚訝的神情。

「他在木工班，日子很好過，不像我們在這做苦工。」周振全的口氣滿是羨慕。

「俊煌會做木工？什麼時候學這個工夫？」

「俊煌不只是會做木工而已，我們整個營區的房子都是他規劃設計的。前些日子說要把我調到木工班去，也不知道是不是真的。」周振全雙手一攤擺了個無奈的姿勢，彎腰又搬起一顆沉重的石塊。

「不然你遇到他，也跟他提一下我也來到這裡了。看有沒有辦法也順便把我調過去？」

「這不用你交代，我自然會跟他講啦。」周振全拍了一下茂林的肩膀。

「你還有遇到什麼熟人嗎？」

「有啊，阿土、楊鴻源也都在這。對了，黃再發已經放回去了，你知道嗎？」周振全正想要繼續說下去的同時，值星官剛巧看到他們這邊，於是兩人趕緊又彎腰工作，免得引來處罰。

「黃再發這麼快就回去，是不是大赦有赦到？」茂林頗為激動，聽到阿發能夠重獲自由，他感到非常高興。

「是啊。你也知道黃再發是因為在妓女戶裡打抱不平，錯手殺死一個老人，後來那個女人為了報答阿發，一直在那裡工作，並維持阿發家裡的生計。所以，阿發在關的時候一直很安份，再加上大赦有減到刑，就放回去了。」周振全比手畫腳地說了一陣，打開水壺喝了兩口後遞給茂林。

「這個女人命也很苦啊。」茂林接過水壺也喝了兩口，眼神飄往前方某處的小石頭上，若有所思的樣子。

「是啊。聽說後來這個女人自己在開妓院。阿發出獄之後，他們終於結婚了。現在好像一起在松山開妓女戶。」周振全接回水壺鎖好，又繼續說著。

「什麼？自己開妓院？本來是自己在賣，後來變成自己在開？」茂林聽到很是驚訝。

「不然，一個女人要靠什麼吃飯。別的他也不會，再加上年紀大了，生意肯定不好，也只能自己開啊。不過，聽說過得還不錯啦。」

「說的也是。」茂林聯想起陳小姐的境遇，不禁替他感到難過。

兩人正小聲聊著，一旁突然傳來吵鬧的聲音，茂林回頭一看，原來是值星官正在大罵小柄。

「王八蛋，還不會用點力氣嗎，是不是想我幫你搬。」小柄正與幾十個隊員合力將一大塊幾頓重的石頭滾到海邊，值星官不知為什麼死命對著小炳大吼，看來對小柄相當有意見。

「長官……我……我……」小柄說了兩句，把話又嚥了回去，只是使勁地堆著石頭，但緩慢的步伐引起了值星官的不快。

「他媽的，你就是賤，不打就不肯賣力是嗎？」值星官拿起藤條使勁地往小柄的屁股狠抽。

這個值星官本名陳正勝，人稱陳大夫，據說不論隊員患了什麼病，到了他這裡通通可以治癒。只要他拿起藤條，本來患了關節炎的隊員也能重新煥發青春，多重的石頭也都搬得動。

旁人見陳正勝正在發飆都不敢作聲，只是努力搬石頭，擔心一不小心藤條就落在自己身上。茂林與周振全也很識時務，趕緊幹活，不敢再聊天。

茂林搬了幾個月的石頭後，一天突然接到外調的命令，說是他具有木工專長，從第一中隊第四分隊調到第三中隊第三分隊的木工班。這也就是說他再也無需搬石頭了。他開心地都笑了出來。

「俊煌。你真正是很有本事喔。」茂林拍了拍眼前這位木工班班長的肩膀。

「我早就聽說你被送來管訓了，只是要把你調過來也是不簡單，所以才弄得那麼久。」古俊煌露出親切的笑容。

「那以後就要靠你照顧了。可是，我什麼也不會來這裡要做什麼。」茂林摸了摸自己的後腦勺。

「我看你刷油漆好了，這比較簡單，不用怎麼學。」古俊煌用手比了比刷油漆的動作。

「是啊，隨便刷一刷就行了。」周振全放下手上的工作來到一旁搭話。他比茂林早調到這裡好幾個星期。

「阿土！」茂林向一旁剛從操作間走出來的鄭土打著招呼。

「好久不見，你在板橋不好好待，偏偏要來這裡？」鄭土笑了笑拍拍茂林的胸口。

「沒辦法啦，我的個性就是這樣子。」茂林笑著回答。

「好啦，先去把手頭的工作完成吧。我們晚上再來慶祝。」古俊煌發話

「不然，我們晚上抓一隻狗來加菜吧。」周振全看著大伙笑著說道。

「好啊。好啊！」眾人齊聲樂道。

古俊煌懂得建築設計與裝潢，在職三總隊頗受重用。軍方管理人員雖然懂得打仗，但並不會蓋房子、做傢俱。木工班能滿足管理人員較好的居住條件，所以待遇很好，不只不用出操，晚上還能有點自己的時間。小琉球物資缺乏，一切資源都要從台灣運過來，隊員們只能勉強溫飽，為了改善伙食，只好打野味。當晚，在茂林的帶領下，很快地逮到一隻野狗，眾人飽餐了一頓，聊到深夜。

茂林自調到木工班之後，生活變得相當快活。雖然要刷不少油漆，但都是一大群熟人在一起工作，也不用看人的臉色。他甚至可以利用職權之便，巴結上司，建立自己的人脈。

張萬和是茂林在第四分隊的老排長，一向對茂林很友善。茂林特意把他的住處弄得很

舒適，做了些傢俱打通關係。三重的議員蔡詩祥後來被抓到小琉球來管訓，茂林惦記著當年曾欠他一個情，便透過張萬和把他調到福利社。後來人際關係更廣，也把受陳正勝欺負的小柄調到了木工班，讓他脫離苦海。

職訓隊成立的目的雖然是在管訓隊員，但這裡就像是個小社會，社會上通行的那一套人際關係在這裡也用得上。茂林隨著年齡增長，也了解到凡事不能逞凶鬥狠，逐漸學會了透過人際關係來解決問題，益發變得成熟了。

一天，古俊煌與茂林走到一處靠海的崖角，兩個人迎著海風坐在岸邊，看著遙遠的海平面外那片城鎮在朦朧的霧色之外搖晃著。

「黑狗，最近過得如何？」

「不錯啊，有你的照顧，比以前在那裡搬石頭好多。」

「別客氣啦，我們都是自己人。」

「真的是很要感謝你。我們這裡工程這麼多，又沒有大型機械幫助，一切都要靠人力，真的是很累。」

「古代人建工程也都是這樣的啊。」

「是啊，若不是有你照顧，我看我都受不了逃獄了，呵呵。」

「說真的，你有沒有逃獄的念頭？」古俊煌突然變得一臉認真。

「逃跑？這是海島，要怎麼跑？」茂林滿臉驚訝，他沒想到古俊煌日子過得這麼逍遙，還有逃獄的盤算。

「你先別管要怎麼逃，我是問你有沒有想要逃。」古俊煌認真地注視著茂林的雙眼，就等他的回話。

「怎麼可能會不想跑？我入看守所到現在已經九年了，我也不想關一輩子。」茂林抬頭看著月亮，嘆了口氣。

「我有一個很好的逃亡計畫，怎麼樣，要不要跟我一起？」古俊煌的口氣充滿了誘惑。他在小琉球雖然過得相對輕鬆，但也不知道何年何日才能出獄，始終對於自由存在著渴望。

「你要怎麼做？」茂林好奇地問道。

「你知道老三嗎？管海防的那個兵。」古俊煌左顧右盼，又環視了一下四周。

「認識，你跟他很熟？」

「他之前是在這管訓的。後來管訓結束被徵調去服兵役，卻又被調到這裡管海防。我已經跟他說好了，到時候要划竹排回去台灣，讓他放我走。」

「你要划竹排回去？」茂林聽了嚇了一跳，沒想到他的計畫是划竹排。

「不然是要游泳喔？我在木工隊這裡有這麼多資源，做個竹排輕而易舉。不然，我在這裡不就白待了。哈哈！」古俊煌露出爽朗的笑容，似乎自由就在他的眼前。

「這麼說也是。」茂林面露難色，他不懂水性，此時不禁想起坐船到小琉球時的嘔吐經驗。

「其實這離東港只有十五公里，順風的話，划兩三個小時就會到了。」古俊煌看茂林的臉色猶豫，不斷地慫恿茂林。他相當賞識茂林，認為他有膽識，又有謀略，極想與他一起逃獄。

「兩三小時？讓我考慮看看吧。到時候我給你一個確切的答覆。」

茂林考慮了幾天之後，最終決定不跟古俊煌逃回台灣。他想起坐船到小琉球時暈船的痛苦都感到害怕，而且，他一點都不懂水性，萬一掉下水，一點生還的機會都沒有。古俊煌也能理解茂林的考量，對一個不懂水性的人來說，坐船都是一個折磨了，更別說是竹排。

過了幾週，古俊煌趁著吹起東南風的日子一個人划著竹排出發，負責巡邏海岸的老三果真按照約定放他離開。而古俊煌僅依靠著竹排，便從小琉球划到東港海邊，最終逃回了台北。

古俊煌挑獄的消息傳開之後，管訓隊裡風聲鶴唳，指揮官要求加強巡邏，眾人的生活也著實緊張了一陣子。可是，職訓總隊的管理人員有限，再加上本來就有不少任務，也不可能長期加強巡邏，漸漸又恢復了原來的生活。

「老大，多謝你的照顧啊。」小柄以茶代酒敬了茂林一杯。

「客氣什麼，咱們都是自己人，吃肉。」近來茂林捉狗的技術更為精進，小琉球的野狗看到茂林，腿都軟了，夾著尾巴也跑不快。這晚茂林又捉了一條黑狗，幾個人正在大快朵頤。

「在那搬石頭，真的是快要死了。」小柄又吃了一大口肉，他被調來木工班之後，身體已漸漸養好了一些。

「你是怎麼得罪陳大夫的，為什麼他特別針對你，多吃一點。」茂林指的陳大夫就是專門欺負小柄的那名士官長陳正勝。

「我也不知道啊，可能是沒有他的眼緣吧。」小柄喝了一口湯，左想右想也不知道為什麼會惹上這煞星。

「你放心啦。調來這就沒有人會欺負你了，這裡都是自己人。」鄭土嘴裡還含著一大口肉一邊說著。

「士官長我不敢講，如果是我們營區的隊員，你報我的名，沒人敢欺負你。」茂林聲音很大，顯得意氣風發。

「是啦。你在這就好好做事吧。其他的不用煩惱。」周振全拍了拍小柄的肩膀。

木工班聚集的都是重刑犯，一般的隊員的確不敢與他們作對。在木工班有茂林的照顧，小炳整個人開朗了許多。他不再像之前那樣鬱鬱寡歡，著實過著一段很爽的日子。然而，好景不常，幾個月之後，陳正勝居然也被調到第四分隊來。小柄的悲慘日子再度降臨。

一天下午，茂林和小炳正在切割一組木頭，用來修補房屋的木板。兩個人將木頭固定好，然後一人負責壓住一人負責鋸。那天正好陳正勝背值星，他一到場監工就露出不滿的表情，好像老婆跟人跑掉似的。

陳正勝這個煞星在場讓小炳有些緊張，不時還偷眼看他。就在切割木頭的時候，小炳一不小心用力過猛，將木板弄倒在地，差點砸到茂林的腳。

「對……對不起，……不好意思。」小炳趕緊蹲下來將木板舉起，茂林揮揮手表示沒事情，放下鋸子蹲下來幫忙。

沒想到陳正勝一腳從後頭踢來，將小炳踢了個人仰馬翻，細瘦的身體在地上滾了幾圈，表情彷彿被人用槌子狠狠敲了一下，右手不斷地揉著下背部。

「搞什麼東西！這木材每一份都很珍貴，你給我丟在地上是什麼意思？存心要跟我過意不去嗎？」

「報告……對……對不起……我不是故意的……我……」小炳看是陳正勝在發飆，不敢得罪他，只是低聲地道歉。

陳正勝的氣不但沒有消，反而被小柄的求饒聲激發了怒氣。他抬起腳用厚重的軍靴重重地踢在小炳的背上，連軍帽都因用力過猛而甩了下來。

「給我住手！」茂林大跨一步，重重地一拳打在陳正勝的臉上，幾顆牙齒或著血水飛旋彈出，緊接著茂林左手又一拳擊在陳正勝的頭上。

現場一片沉默，沒有人想到茂林會突然發難，眾人心想茂林這次又惹禍了。

茂林不理會倒在地上的陳正勝，逕自蹲下扶起了小炳，轉身往醫務室走去。

陳正勝好不容易爬了起來，卻不敢去對付茂林，轉頭先跑去找隊長告狀，然後又帶著幾個士官長去找茂林報仇。

「老大，這次又怎麼辦？犯上不是一件小事啊，會被捉去關！」小柄躺在床上，醫務士正在幫他包紮傷口。

「我不怕他，看他敢把我怎麼樣！」茂林剛說到這裡，三名士官長突然衝進醫護室將茂林抓住，拖著他就往外走。

「操你媽的，我一定要打死你！」陳正勝按著被茂林打得隱隱作痛的左臉，指揮著隊員們將他帶到山上去。

到了山上，陳正勝下令把茂林吊在樹上。幾個士官長拿著繩子進行捆綁，好不容易把茂林吊了起來，看樣子是要動私刑了。

「你們這些人要給我想清楚，有本事就現在把我打死。不然，我一定會趁你們睡覺的時候，一個一個把你們殺死。」茂林吐了一口口水狠狠地說道。

幾個士官長正要動手，聽到茂林的一席狠話，頓時猶豫了起來。他們知道茂林是狠角色，不禁擔心茂林會豁出去來殺他們。

周振全始終跟在茂林陳正勝後頭勸著，此時看大勢不妙，跳了出來：「大人……這樣做真的不好啦，動用私刑要是出了事怎麼辦？你也知道游茂林這個人很硬氣。到時候真的會去偷殺你們的，還不如給他關禁閉，處罰他一下就好了。」

「是啦，陳士官長，你也不要這麼生氣。他犯上就軍法處置吧，根本就不需要動私刑。」一名士官長接著周振全的話，他也不想為了幫陳正勝出一口氣，惹上這一個不要命的人。

「有道理。反正有軍法可以處份他。」其餘幾名士官長也跟著說道。

陳正勝看身邊的人不支持他，也不敢一個人動私刑，最後順著他們的意思把茂林送到禁閉室去。

毆打上級並不是一件小事，此事引起了指揮官的重視，孫禎上校看到茂林犯事的公文後，把張萬和叫來詢問。

「我記得你以前是第四分隊的分隊長。」張萬和已經從分隊長調到指揮官的警衛排當排長了，軍銜雖然同樣是中尉，但警衛排是指揮官的親兵，份量大大地不同。

「報告，是的。」張萬和站得相當直挺地回答。

「游茂林你認識嗎？」孫禎眼神顯得很嚴厲。

「報告，認識。」張萬和兩眼平視，不敢放鬆。

「我剛才看到一份公文，是要處份他關禁閉的，他居然敢毆打上級。你知道他這個人怎麼樣嗎？」孫禎喝了一口水接著說道。

「報告，游茂林這個人我算是比較熟

・孫禎指揮官（左邊第三個）在給職訓隊員上課

悉的。他當初是為了朋友之妻被調戲，跑到警察局殺警察。雖然犯罪情節較重，但不是一個壞人，相當地重義氣。我想他犯上應該是有原因的。」張萬和明顯在為茂林說好話，他一邊觀察孫禎的表情，看他的反應。

「到警察局殺警察，有點意思。你待會去把他的檔案調給我看看。」孫禎面露微笑，張萬和也沒搞懂孫禎到底什麼意思。

「報告，是。」

「下去吧！」

後來孫禎看了茂林的檔案，殺警察、逃獄、犯上，對茂林有了全面的認識。孫禎產生了一個奇妙的想法，那就是把茂林調來當他的傳令兵。將最難管教的隊員掉到自己身邊來，除了可以直接管教他之外，還可以利用他來管理隊員。孫禎的軍旅生涯治過不少刺頭兵，他有信心也能治得了茂林。

「茂林，隊長可能讓你當傳令兵。」張萬和奉命帶茂林來見指揮官，他事先透露著消息。

「是嗎？傳令兵是要幹嘛的？」茂林一臉疑惑狀，他根本不知道傳令這個工作的份量有多重。

「你知道皇帝嗎？皇帝身邊總有一個太監跑來跑去，忙這個忙那個。如果指揮官是皇帝，那你就是太監。」張萬和與茂林開著玩笑。

「原來是這樣子啊。那我就是太監了？哈哈。」茂林拍了拍張萬和肩膀，一副不以為意的樣子。

張萬和帶著茂林來到辦公室外頭，特別幫他看了看服裝儀容，才推著他往孫禎的辦公室走去。

「報告，我是游茂林。」茂林誠惶誠恐看著孫禎，過去他也曾見過孫禎，但那是在部隊訓話時。這麼近接觸指揮官還是第一次。

「你是游茂林，十七歲就殺警察。」孫禎直視著茂林的眼睛問道。

「報告，是。」茂林立正，雙手緊貼褲管。管訓這麼久，他早已學會了軍人的禮儀。

「你進去警察局的時候不害怕嗎？」孫禎不斷地打量著茂林。

「報告，沒有想過怕的事，只想替朋友報仇。」茂林抬著頭挺著胸，就怕自己說錯一句話。

「小小年紀就敢這樣做，你很有種嘛！」孫禎點點頭，他個性相當豪邁，見茂林能夠為朋友挺身而出，頗有贊許之意。

「實在是他欺人太甚，我一定要為朋友出一口氣。」茂林繼續解釋著。

「這次你毆打士官長，沒想到後果嗎？」孫禎口氣忽然嚴厲起來。

「報告，我看到朋友被人無故淩虐，也管不了那麼多了。當時也沒想後果的事。」茂林看孫禎突然板起臉色，心想傳令是做不成了。

「你真的很大膽，在這裡毆打上級你是第一個。」孫禎站了起來，用手指著茂林。

「報告，我不是故意要犯上的。在那種情況下，我一定要挺身而出，我的個性就是這樣。」這時茂林也豁出去了，他也不知道說了這話會有什麼後果。

「不錯，不錯。果然是英雄出少年啊。你如果早出生幾年，我帶你打仗，你可能會升得很快啊。」孫禎突然大笑，茂林丈二金剛摸不著頭腦，不知為什麼指揮官的情緒怎麼轉變這麼快。

「好，你就留下在我身邊當傳令吧。我看你本性並不壞，應該可以派上點用場。」孫禎接著說道。

「報告，是。」茂林聽到孫禎說這話，頓時心花怒放，但臉色不敢表現出來。

「不過，我先給你警告。我的傳令兵可不是那麼好當的，稍有犯錯，處罰會相當嚴厲。」

「報告，是。」茂林恭敬地行了一個禮。

小琉球就是孫禎管的，他要任命一個傳令兵無需他人的同意，而且，小琉球人手嚴重不足，上級派來的士官既要訓練隊員，又要監督各種建設，根本無法從中調出一個人手服侍他的日常起居，所以，為了管教茂林，也為了讓自己的生活更方便，孫禎便把茂林調來當傳令兵。一些下屬看到茂林被任命為傳令兵，也不敢非議。事實上，他們也經常利用職權，讓這些隊員替他們幹活，有些素質較差的文盲軍官，甚至還需要隊員幫他們寫字、讀公文。這些在職訓總隊裡都不算什麼，只能能夠維持這個職訓總隊正常運行，這都是可以接受的。

茂林當了傳令兵之後，在管訓隊中的生活有了相當大的變化，正如張萬和開玩笑說的，一人之下萬人之上：隊裡面的軍官看到他也要客氣三分，擔心他在指揮官前面說壞話；隊員看到他更是極力地巴結，希望能借由茂林的關係把他們調到更爽的單位。

茂林本身也相當爭氣，他每天兢兢業業把指揮官服侍好，打掃辦公室、洗衣服、擦皮鞋、泡茶、送公文、甚至是陪孫禎下棋、聊天，與孫禎越來越親近。而孫禎與茂林接觸越久，越賞識這個年輕人，有時甚至會給茂林講些當年在大陸作戰的經歷等。雖然兩人年齡相差十多歲，成長背景也有不小的差別，但他們倆都很重義氣，具有共同的價值觀念，氣味甚是相投。

這一天晚上，茂林抓了一隻雞、帶了一瓶小酒來到木工班給他最親近的兄弟們加菜。

「黑狗，今天怎麼這麼好，還抓了一隻雞過來。」周振全一邊喝著酒一邊說道。他許久沒有喝到酒，這時相當地開心

「沒有啦。這隻雞也是別人送的。」茂林如今是指揮官前的大紅人，找他辦事的人多了，少不了各種賄賂。」

「你現在的日子好過啊，不像我們還要在這做木工。」鄭土一手拿著雞腿猛啃，滿臉都是羨慕的顏色。

「做木工也不錯啊。我現在在指揮官旁邊，雖然不做粗重的，可是也戰戰兢兢，伴君如伴虎啊！」茂林毫不客氣，直接坐了下來，就像回到家似的。

「老大，可是我看指揮官很器重氣你啊。雖然是隊員，大家也要給你三分面子。」小柄幫茂林倒了一杯茶，自從茂林幫他出頭後，他一直都很感謝茂林。

「唉，誰知道他是怎麼想的。上次在板橋我打謝未生，被調到小琉球來。這次我打陳正勝，卻被調去當傳令，誰想得到啊。」茂林一口氣把茶都喝光了，就像喝酒似的。

「黑狗，你真正夠朋友。現在當了傳令，還沒有把我們兄弟忘記，來乾一杯。」周振全豪氣地先舉起酒杯先乾了。

「你多喝一點，我不會喝。」茂林以茶代酒敬了一杯。

「對了，小柄，你的刑期差不多要到了。我今天送公文的時候，有看到你的名字，你不用多久就可以出去了。」茂林提起茶壺，小柄趕緊搶過去斟茶。

「真的嗎？」小柄面露驚訝。他自己算的日子也差不多是這些天了，但得到確認消息，不免興奮。

「真的啊。你是乙級的，三年差不多要到期了。不像我們不知道要再關多少年。」茂林嘆了一口氣。

「你現在雖然是在管訓，可是和當兵也差不多，不像以前要被操，要被關獨身房。」小柄反過來安慰茂林。

「算算也有十一、二年了，總算最近的日子比較好。唉，不過也不知還要關多久才能出去。我管訓已經六年多了，照說四年一期，我現在已經是第二期了啊。」茂林對自己的未來感到相當迷茫，沒有人知道管訓的期別與本來的刑期要怎麼換算，他也不知道自己還要關多久。

「我一點也不比你關得少啊。當初我們在台北看守所一直關到現在。」周振全又喝了一杯，他的語氣中同樣充滿了感慨。

「我也關很久了，好不好。只是不知俊煌現在怎麼樣？」鄭土一下子又把話題轉到古俊煌身上。

「俊煌也是真厲害。看他有沒有辦法不要再被抓到。不然，也是要再回來。小柄，你出去別要再犯事了，不然，又要在這裡見到你了。」茂林輕輕拍了小柄的頭，真心地勸這個小老弟。

「我知道了。不過，我出去可能還要先去當兵。」小柄才二十出頭，管訓不能代替兵役，出獄了還是得去服兵役。

「對了。我今日來還有一件事要跟你們講。指揮官可能要調去台東岩灣第二職訓總隊。」茂林停頓了一會，「他說要帶我過去，如果真的過去，以後可能看不著咱兄弟了。」

「這是好事啊。你一定要跟著他去。不然換一個指揮官來，你可能就沒傳令當了。」周振全滿臉紅通通地說著，酒勁已有些上頭。

「是啦，這我知道。可是，我是犯人，不是真正的軍人，也不知是不是可以調過去。」茂林不禁有些擔憂，畢竟好日子也才過上不久。

「我看指揮官如果想要調，也是可以調過去的。」鄭土把杯裡的酒一飲而盡，這幾個人裡就屬他與周振全酒量最好。

「不要緊。有調沒有調都沒關係。我全台灣都闖透透了，去哪裡都一樣。哈哈！」茂林口氣很豪邁，眼角卻是帶著一絲淚光，要離開眾兄弟，他也很捨不得。

「是啦！不想那麼多。喝啦！」周振全也一飲而盡，對於茂林的離去，似乎有點捨不得，但又不好意思表現出來。

民國五十一年四月二十三日，茂林擔任了孫禎的傳令兵半年之後，隨著孫禎被調到台東岩灣職業訓導第二總隊。孫禎說到辦到，憑著一己之力就把茂林調到台東。這種事情在職訓總隊非常罕見，孫禎的做法在隊中引起了一些非議，但他位高權重，旁人只能在私下說說。而茂林即將在台東展開新的管訓生活。

轉折

「台東岩灣」是國人最為人熟知的管訓地，被戲稱為流氓的最高學府「岩灣大學」。日據時代起，當地即設有「浮浪者收容所」從事流氓管理工作。光復後一度更名為「台灣省遊民習藝所」，並成立「東部勞動訓導營」，最後才改編為「台東岩灣職業訓導第二總隊」。

岩灣職業訓練第二總隊緊挨著卑南溪，下轄三個大隊，第一、第二大隊設在本部，第三大隊設在台灣的外島蘭嶼。孫禎上校被調到這裡當指揮官，仍舊是佔少將缺，屬於平行輪調，主要為增加歷練，為升將軍做準備。

茂林隨著孫禎調到岩灣，因身份特殊，引起眾人的側目。可是，茂林不卑不亢，不仗勢欺人，又懂得做一些人情，很快地便與一些高級軍官建立起私交。副總隊長王詹三上校、第一大隊長陳國興中校等人，都對他也是讚譽有加。茂林的生活相當自在，如魚得水。

每天不到五點鐘，茂林便將指揮官辦公室打掃得乾乾淨淨，等待孫禎起床。孫禎的生活一向規律，每天早上他都要跑五千公尺，接著才會處理公務。多年的戎馬生涯，已培養出鍛練的習慣。他沒有忘記國軍「反攻大陸」的終極目標。有朝一日，戰事再起，他還想征戰沙場。

今天空氣很好，蔚藍的天空，涼爽的風，孫禎不到二十分鐘便跑完全程。

「茂林，這裡的生活還習慣吧。」孫禎已吃完早餐，換了一身軍服，坐在辦公桌前，一邊喝著茶。

「報告指揮官，很習慣。」茂林並沒有立正行禮回答孫禎的話。當孫禎身邊沒有其他的人時，他就無需行起正式的禮儀。這是他們相處一年多養成的默契。

「你在這裡表現不錯啊，昨天副總隊長還稱讚了你，總算沒有給我丟臉。

．台東岩灣職業管訓隊時期

當時我還想把你帶過來是不是不合適。」孫禎眼前的茶杯緩緩噴出蒸騰的熱氣，將室內的空氣蒸得溫暖。

「副總隊長的人太好了，其實我只是做我應該做的。」他沒想到茂林總是會跟副總隊長王曾三透露點孫禎的想法，所以王曾三在業務上與孫禎合作相當愉快。茂林眼睛飄了一下孫禎的茶杯，隨時注意是不是要加茶水。

「你雖然被判了刑，但還是很注重道義，這是為什麼我帶你過來的原因。如果你是不懂得義氣之人，我也不會讓你當我的傳令了。這一點你要知道。」孫禎開始翻起茂林一早放在桌上的公文。他對茂林總是恩威並濟，並不是一味地寵幸他，有時也會板起臉色跟唬他。

「多謝指揮官，我只想把刑期早日服完，重回社會好好做人。」茂林每次想到刑期的事就感到無奈，他甚至連還要管訓多久，坐幾年牢都不知道。

「是啊。這樣最好。你總不能關一輩子吧。也要為出獄做打算。」孫禎翻著一份又一份的公文。

「多謝指揮官的關心。」茂林感激地說道。

「嘿嘿！」孫禎看著忽然冷笑了一聲，「茂林，你的好朋友又要回來了。」茂林不懂孫禎的意思，不敢答話。

「古俊煌在台北落網了，過幾天就會送到這裡了。」孫禎說著，眼神銳利地看著茂林。

「什麼，古俊煌又被抓到了？」茂林得到古俊煌的消息相當吃驚。

「台灣省這麼小，逃又能逃得到哪裡去，被抓到是很正常的。如果是在大陸逃亡才有點意思。」孫禎說著說著也想起了當年在大陸爭戰的生活，那片廣闊的山野和無垠的大地，人要是就這麼逃了出去，還真不知道要去哪找。

「其實古俊煌當初要偷跑時，有約我一起，但我不會游泳，所以沒有跟他跑。」茂林一臉老實地跟孫禎交代。

「什麼，古俊煌當時還曾約你一起逃。」孫禎知道茂林與古俊煌相識，但沒想到他們竟然還曾有密約。

「是啊。其實以前我們在台北看守所時，就有過逃獄的合作了。」

「那為什麼你不逃？」孫禎也感到奇怪，這麼好的機會茂林居然不逃。

「因為我不會游泳啊，如果被大海淹死怎麼辦。」茂林坦率地說，也不擔心孫禎會生氣。

「那你現在還想逃嗎？」

「報告，現在不想逃了。指揮官對我這麼好，我不能對不起指揮官。」茂林立正敬禮，對孫禎認真地說道。茂林一向重義氣，當年為了義氣去殺警察，而今卻為了義氣不逃獄。孫禎看得起茂林，還器重茂林，茂林不可能會對不起他。

「那當時你為什麼想逃？」孫禎點頭示意，接著問道。

「我們已經被關十幾年了，但也不知道何時可以出獄。我是被判無期徒刑，總不想被關一輩子吧。我想古俊煌也是這麼想的。人生沒有希望啊。」茂林說出內心的真實想法。

「說的也是。」孫禎點了點頭，心想沒有人願意失去一輩子的自由。如果要杜絕隊員的脫逃事件，根本做法就是要給他們一個未來的希望。

可是，當時的管訓條例不健全，明文規定管訓一期最多五年，但管訓與刑期之間的關係如何換算，一個無期徒刑犯人應該管訓多久，他自己也說不清楚。在這種情況下，隊員要脫逃也是人之常情。然而，當年國家的總體目標在於反共大陸，政府首先要維持社會穩定運轉，也無法顧上這些小事了。

這時孫禎的電話突然響起，兩人的對話也就結束了。茂林回到傳令室繼續值班。過了一會突然有人敲門，是指揮官的司機杜國雄士官長。

「茂林，這是你的信。剛才我去保防室拿信，看到你的包裹順便拿來給你。」茂林來台東之後與他頗有接觸，兩人交情也算不錯。

「多謝你啊。」茂林趕緊倒了一杯水給他喝。

「什麼時候有空，我們再一起去市裡面玩玩。我發現了一個地方挺有意思。」他是指揮官的司機，出入營區非常方便，茂林不用值班的時候，也經常與他出去散心。

「好啊，等指揮官出差吧，最近比較忙。」茂林笑著回道。

「沒問題！」杜國雄笑著打個手勢，趕緊回去照顧他的車子。車子是指揮官的座駕，沒有擦得光亮，可是會捱上一陣罵。

茂林打開包裹，原來是幾本小說，還附了一封信。書是小柄委託一個女性朋友寄來的。小柄出去不久果然被徵調去當兵，他擔心茂林在職訓隊過於無聊，特地委託了一位張姓小姐給茂林寄些東西。茂林閒來無事，便給張小姐回了信，在嘉義監獄監禁三年學會了寫字，這時倒派上了用場。

這天茂林跟著孫禎四處走動巡視，將近中午的時候，一輛囚車將古俊煌從台北押送到來。茂林得到消息，趕緊來看他。

「俊煌！」茂林神采奕奕地站在禁閉室門外，滿臉笑容跟古俊煌打招呼。

「阿林？你怎會在這裡？」古俊煌一臉疑惑狀，心想茂林怎麼會出現在這裡，管理人員又怎麼對他畢恭畢敬。

「說來話長，你走了之後……」茂林見到老朋友十分高興，簡單扼要地跟他訴說這一年多的經歷。

「人生真正是很難講啊，沒想到，你運氣這麼好。」古俊煌感慨地說道。

「是啊，我也不知道怎麼會這樣。對了，你家裡還好嗎？」茂林順勢坐下來跟古俊煌說話。

「家裡人都好，只是我太不小心了，又被捉了回來。」古俊煌一臉不情願的樣子，似乎還沒接受被捉回來的事實。

「這也沒有辦法啦。過幾天，你會被調去蘭嶼的第三大隊。你先在那裡好好待著。等過一陣子我跟指揮官說情，讓他把你調到比較輕鬆的單位。」茂林偷偷地跟古俊煌透露消息。

「去蘭嶼我也不在怕啦。我們也不是第一天關了。」古俊煌依然一副天不怕地不怕的樣子。

「這個我知道啦，只是有辦法輕鬆一點，總是好一點。重點是你先不要犯事，不然，指揮官也不會給我面子。」茂林有了一點能力，一心想幫助自己的朋友。

兩人在禁閉室聊了許久，茂林才依依不捨地離開了，臨去前還交代值星官李慶賀不要為難古俊煌，他知道在這裡說打就打說揍就揍，沒有半點猶豫。

之後幾天，茂林都會來探望古俊煌，順便給他帶一點吃的，可是，古俊煌很快地就被押送到蘭嶼了。

那天下午茂林正在值班，一名軍官急急忙忙地要求見指揮官。茂林趕緊將他帶到辦公家。

「報告指揮官，古俊煌又跑了。」茂林剛走出門外，聽到古俊煌三個字又停下了腳步，偷聽屋內的談話。

「什麼，又跑了。你們幾個人到底幹什麼吃的？」孫禎十分生氣地大罵。古俊煌跑掉，他這個指揮官也要連帶受懲戒。

「報告，我們也是手拷腳鐐一樣不少，全程監視著他。只是沒想他，船開到一半，他藉故要上廁所，突然往海裡一跳。」

「跳到海裡了？」

「是。海水很急，他一下就被沖得不見了身影，也不知是死是活。」黑潮洋流從赤道往北流，行經台灣東部到琉球，每秒流速一公尺，在這種情況下要追一個人是不可能的。

「沒想到，他這麼不要命。」孫禎想到茂林曾經說過的話，也能理解古俊煌的心態，氣稍微消了一點。「不論如何，活要見人死要見屍。你們到海邊去找找，看能不能發現屍體。」

「報告，是。」軍官恭敬地行了個禮，走出了房間。

茂林趕緊回到傳令室以免被發現偷聽。他聽到這個消息，不禁為古俊煌感到惋惜。手腳都被銬著，水流又那麼急，恐怕是凶多吉少。他怎麼也想不到古俊煌命不該絕，被一條日本漁船搭救上岸，又在外頭逍遙快活了。

民國五十二年政府執行「靖民專案」，許多人又被送來管訓，一時台東岩灣人滿為患。孫禎一方面要派人支援中部橫貫公路的建設，一方又要擴建營區，身邊的人手嚴重不足。為了維持營區內的秩序穩定，下令勤務排這些傳令、文書組成「協助巡查隊」，負責營區內的巡查工作，由茂林擔任班長，詹繼文（副總隊長傳令）任副班長。這紙人事命令公佈後，茂林就不再只是服務指揮官的傳令兵而已，而是營區內具有權力的管理人員。

這份巡查工作主要是為了監導軍官、士官長等管理人員，可以說是指揮官的眼線，類似皇帝旁邊的錦衣衛，偷偷給皇帝打小報告的。當時不當管教非常嚴重，隊員叫苦連天，孫禎為了改善隊員的境遇，一再要求杜絕這種情況。年輕的憲兵們還比較服從命令，資歷較深的那些老士官長，對於打兵罵兵早習以為常，甚至認為是訓練服從的必要手段。

這一天午餐過後，茂林趁著孫禎午休的空檔，來到第二大隊第二中隊第三分隊長辦公室。

「分隊長你好！」茂林向第三分隊長王志明上尉敬禮。

「原來是游班長，你還敬什麼禮啊。趕快坐，坐。」王志明殷勤地招呼茂林。雖然茂林沒有軍銜，但擔任巡查隊班長的職務，他一點也不敢怠慢。

「你是分隊長，應該有的禮儀還是不能少的。」茂林笑著說道，見分隊長對他這麼客氣，不禁有點得意。

「哪裡，哪裡。有什麼指示嗎？」王志明不知茂林的來意，客氣地問道。

「你們單位有沒有一個叫鄭財德的隊員。」原來鄭財德因靖民專案被調到岩灣來管訓。當年茂林與他曾在台北看守所一起計畫逃獄，如今知道他在這裡，特意前來關說。

「有這個人，前幾天剛來的。」王志明一聽之下，便在尋思著茂林的來意。

「這個人可不可以麻煩你照顧一下，看看有沒有比較輕鬆的工作。」

「沒有問題。這個包在我身上。」一聽到茂林親口要求，王志明立刻滿臉堆笑的回答，這討好茂林的機會他當然不會放過。

茂林並沒有打著孫禎的招牌，他知道以自己現在的身份王志明一定會買帳。果然，

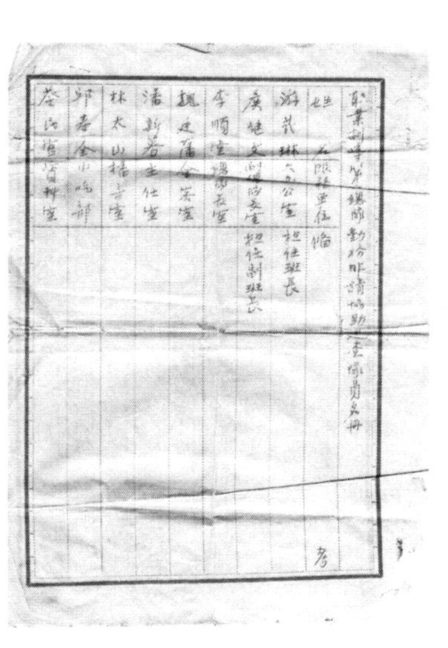

・游茂林被任命為巡查隊班長

不久之後，鄭財德被調到了種花班，每天蒔花弄草，比起一天到晚出勤操練好上太多。

「黑狗，多謝你啦。」當鄭財德見到茂林時，一再感謝老朋友的幫助。他與古俊煌一樣，對於茂林傳令兵的身份，以及巡查隊班長的職位，都感到不可思議。

「沒什麼。舉手之勞而已。」茂林跟他講述了在小琉球的經歷，以及一些老朋友的狀況。

「唉，古俊煌前不久跳海逃亡了，恐怕凶多吉少……」鄭財德直喊沒有與他們一起在小琉球混真是太虧了，同時也為古俊煌的早逝嘆息。

民國五十三年冬天，蘭嶼的第三大隊發生了一起殺人攜槍脫逃事件。主犯是著名的「飛賊」高金鐘，自稱廖添丁二世。他是台灣的越獄記錄保持人，曾成功九次之多。這次高金鐘夥同四個隊員，殺死了海防連長古新襲上尉，攜帶搶來的槍械逃亡。警備總司令黃杰上將得知這個消息非常憤怒，他下令孫禎親自帶隊逮補歸案，並調派保警大隊近千餘人兵力支援。

十一月十一日，茂林跟隨著孫禎前往蘭嶼，一行人浩浩蕩蕩坐了三條登陸船出發。

「游茂林。」茂林聽到孫禎的傳喚立刻從船艙跑到船頭。孫禎站在船頭凝視著大海，彷彿有很多心事。

「等一下靠岸之後，你指揮其他隊員去把補給品跟一些用具搬下船，然後跟在我旁邊一起走下去，」孫禎頭也不回，面對著大海吩咐道，那聲音混著海浪聲彷彿增添了一股悲悽感。

「報告，是。」茂林立正腰桿挺得直直。

「這次高金鐘闖的禍非常的大。上船前又傳來消息，說是又打死了兩個人。如果抓不到的話，我恐怕也要受不小的處份。」孫禎緩緩轉過身來，一臉憂愁讓他看起來像老了五、六歲。

「報告，指揮官，我們這麼多人圍補，高金鐘一定逃不了的。」

「如果高金鐘沒有逃出蘭嶼，憑他插翅也難飛。就怕他與古俊煌一樣。這個海流那麼急，要抓人也就難了。」

「報告，是。」

「你知道為什麼這一次我一定要帶你過來嗎？」這次派來追補高金鐘的兵都是保警大隊的人員。只有杜國雄與茂林是孫禎帶來的親信。

「報告，不知道。」茂林只想著指揮官要他做什麼就做什麼，既然要來抓人，當然是盡力而為沒有想那麼多。

「你入獄至今有十三、四年了吧。」孫禎一臉嚴肅說道。

「報告，是。」茂林在心中粗估了一下。

「十三年，十三年能讓一個娃兒都長成一個能拿槍的少年兵了。我是在想，如果真的能抓到高金鐘的話，你好好表現，我打個報告，說不定能讓你提早出獄。」孫禎轉身拍了拍茂林的肩膀。

「謝謝指揮官，我一定努力表現。」茂林想到孫禎用心良苦，內心不禁升起一股感謝之情。兩人雖然身份懸殊，但長時間相處，在感情上孫禎就像是茂林的大哥。

「嗯，你這次一定要多出點力氣，做出點成績來。」孫禎再次叮嚀。

「報告是，謝謝指揮官用心良苦。」茂林內心十分激動，想到指

・游茂林隨孫禎到蘭嶼追捕高金鐘

揮官對他這麼好，更打定主意要好好出力幫忙，無論如何都要把高金鐘抓回來。

「各位弟兄，這次來蘭嶼抓高金鐘的任務非常重要，希望大家踴躍提出意見，將這重犯逮捕歸案。這張地圖是島上附近的地形跟一些山洞的位置，大家認真看一看，想一想有什麼好方法。」孫禎到達營區之後，立刻召集重要幹部開會，商討圍捕高金鐘的對策。

蘭嶼是海底火山噴發隆起而形成的火山島，大部分為山地，僅海岸附近有較緩和的平地，地形並不算複雜。島中央的紅頭峰海拔五百四十八公尺高；北部有青蛇山、東南部有大森山。全島周長三十八公里，海岸線十分曲折，如果高金鐘等人躲藏在山裡倒是不易追捕。

「我覺得……」幾名軍官立刻從坐位上起身，趨前觀看地圖上的各種標示跟地名，七嘴八舌地討論了起來。

「放火燒山吧？把他給逼出來？」一名軍官大膽地提議，他的左臉有一大顆痣，看起來就像是個大老粗。

孫禎狠狠地瞪了一眼說道：「這樣未免太過躁進。」

「還是我們派隊員們分成一個一個小隊，對上頭所有的山洞進行調查吧，要是遇上了也有人數上的優勢？」

「不如把隊員們排成一條線，從島的這一端一路搜查過去，我看他這樣也就插翅難飛了。」

「這也不失為一個辦法……」孫禎思考著軍官們提出來的各個建議，按照蘭嶼的地形、氣候、水文等來考量，推斷幾個可能躲藏的地點，並且用筆在上頭做記號，接著說：「大家也要注意海岸線，難保高金鐘不會安排別人來接應他，海岸線的防備也不能遺漏。」

「是，指揮官說得是。」

「不愧是孫指揮啊，果然聰明過人，我們這一班老粗都沒想到。」

「是啊，是啊，要不是指揮官早有提點，我們全都給忘了。」軍官們打蛇隨棍上，紛紛拍起了孫禎的馬屁。

「游茂林，你有什麼看法。以你逃亡的經歷來看，你想高金鐘可能會躲在哪裡？」孫禎突然詢問茂林的意見，讓開會的軍官愣了一下。

「他是我的傳令兵，有豐富的逃亡經驗，他的看法說不定可以參考一下。」孫禎環視與會軍官進一步補充。

「報告指揮官，如果是我的話，我會躲藏在山洞裡，但是，如果見到出動這麼多人，我會拚死偷原住民的小船，坐船出海。」茂林本是站在孫禎的右後方待命。這時聽到孫禎有意詢問，便大膽地說出自己的想法。

「游茂林有逃亡的經驗，還是指揮官高明啊。游茂林的說法可以參考，可以參考。」一名膀大腰圓的中校繼續拍著馬屁。

「不用拍馬屁了，大家把隊員們都分派好，跟守軍配合交叉編制，用完午餐後出發。最後傳令下去，這個高金鐘攜有槍械，最好能夠活捉。如果不行的話，放心大膽地開槍，絕對不允許士兵們再有傷亡。」孫禎打斷軍官們的阿諛奉承，氣勢剛猛地把事情交代下去。

用完午餐後，保警大隊立刻展開了搜索高金鐘的工作。近千餘人共分成十個小組，由當地人作嚮導從軍營出發，沿著蠻荒的道路往島的東邊走去。

指揮總部設於開元港附近，正好是蘭嶼本島的中央偏西半部的位置。搜索隊的工作是沿著海岸線往東前進，一半沿著山路往相愛山、殺蛇山、紅頭山這樣搜過去，最後到東清社集合。

另一半的搜索隊則沿著海岸線路經椰油社，搜索靠海的地方，一路上也會經過不少山坡和荒路，先是饅頭山、虎頭坡等處，最後會搜索東南邊的澳本嶺、大天池和大森山等處，然後到東清社會合之後，再跟另一隊一起回營。

所謂「運籌帷幄之中，決勝千里之外」。當所有人在島上全面展開搜捕時，孫禎坐在指揮室內等待捷報傳來。茂林身為傳令，雖然一心想去抓高金鐘，但也不得離開孫禎半步。

高金鐘與他同為職訓隊員，可是，此時茂林卻是站在孫禎這一邊。他擔心孫禎會因為捉不到高金鐘而被上級處份。對茂林而言，孫禎是他的朋友，而高金鐘是朋友的敵人，所以也是他的敵人。從某個程度上來說，孫禎的懷柔式管教，已經在茂林身上已取得成效。

然而，隊伍出去搜索了一天，卻沒有發現一絲高金鐘蹤跡。到了晚上所有高級軍官只好再次開會，商討隔日的搜索行程。出動了這麼多人，如果連一個高金鐘都捉不到，怎麼也說不過去，因此，眾軍官想盡辦法、絞盡腦汁地出意見，希望能夠早日把高金鐘逮捕歸案。

隔天，茂林起了個大早，如同平常一樣要去給指揮官打掃房間。當他刷過牙洗過臉後，正站在小便池前方便一下，外頭突然傳來吵雜的聲音。緊接著槍聲大作，像是開戰了一般。茂林趕緊穿好褲子，直接往孫禎的辦公室那頭衝去。途中有許多人從寢室中跑了出來，大都是衣衫不整加上睡眼惺忪，似乎都被槍聲嚇了一跳。

「發生什麼事情了？」「不知道，快點過去看看！」「是不是高金鐘跑來了？」在此起彼落的吵雜聲中，茂林迅速地穿過人群來到指揮官室，一閃身搶入空無一人的房間中，腦中回響起孫禎之前跟他說過的話：「要是碰到什麼緊急事件，先把槍拿給我。」

這時孫禎也剛穿好衣服從臥室走出來，茂林立刻將手槍交給了他。孫禎見茂林動作如此迅速，頗有嘉許之意。「快，趕緊走，看到底發生什麼事情了。」茂林隨手拿起木棍跟在孫禎身後。

到了操場，只見一名穿著軍服的男子跑在最前端，後頭追著幾名持槍的軍人不斷開槍要將他擊倒，來回的槍響與四處彈射的子彈聲不絕於耳，一邊跑還一邊聽到有人喊著：「不要跑！」「打他的腳！打他的腳！」

茂林跑得很快，迅速地拉近了距離。突然間，那名男子突然回頭連開四槍，一發子彈差點打到茂林的左額。與此同時，幾名軍人也開槍還擊，子彈聲轟轟作響，終於擊中了那名男子。只見他慘叫一聲身體往旁邊滾去，手腳不協調地亂揮一通，仰躺在地上無法動彈。

茂林見狀趕緊撲了上去，心想即便高金鐘已被打死，但我先碰到他的屍體也還能算上一點功勞。與茂林有共同想法的不乏其人，幾個士兵也連忙衝了上去，把已然斷氣的男子抓到孫禎跟前。

「報告指揮官，高金鐘抓到了。」幾個人七嘴八舌地說道，準備向孫禎請功。

「他是高金鐘嗎？」孫禎也不知一早槍聲大作究竟是發什麼了什麼事，急忙確認這個人的身份。

「報告指揮官，他不是高金鐘，是江標。」張彩和中隊長趕緊上前報告。

「江標？到底發生了什麼事。」孫禎滿臉疑惑地問道，心想怎麼又出了一個江標。

原來江標是蘭嶼第三大隊負責文書工作的老士官長。他與隊長張彩和處不來，矛盾越來越深。這天早上江標趁著大批人馬進駐蘭嶼，偷了第十中隊隊長的槍來暗殺張彩和。幸好張彩和在睡夢中突然醒來，拿起了厚棉被阻檔，逃過了一劫。而他的傳令兵鐘萬和剛好衝進屋裡，與江標撞得滿懷，反被打死。

「他媽的，你們這些人都在搞什麼，出了一個高金鐘還不夠，還自己在內鬥。」孫禎大聲地罵道。他是行伍出身，罵起人來一點都不客氣。職訓二隊接二連三死了不少人，最終責任都要算到他頭上來。

茂林得知這人不是高金鐘也充滿失望之情。

處理完江標事件之後，保警大隊的隊員又開始這一日的搜索工作。今天的搜索範圍是蘭嶼的西邊，還有一隊被派到小蘭嶼，連這東南方的小小離島也不能放過。與昨天的工作類似，今天先全體往小天池山搜去，然後兵分二路，一路下山沿著海岸線搜索燈塔四周，再順著紅頭岩、玉女岩搜過去，一直到昨天的東清社為止。

另一路則是沿著山脈搜索，主要的目標就是北邊的尖禿山。

可惜的是，這天的搜索也沒什麼斬獲。

接連找了三天依然一點線索也沒有，這讓孫禎有些著急，幾個下屬也開始亂出主意，晚上，孫禎再次集合所有軍官開會討論。

「指揮官，我想到一個方法或許可行，但有點迷信，也不知該不該說？」

「說！」

「是這樣的，我們老家流傳著一種說法。冤死之人，靈魂會在屍體附近徘徊，所以……」軍官說了一半，抬頭看看孫禎的表情：「所以我想要不要找個人，去睡在古上尉的墳墓旁邊，看看他會不會託夢，說出高金鐘的行蹤。」

「嗯……」孫禎沉吟了片刻，似乎在考慮著這聽起來相當迷信的提議。「你們覺得這個提議如何？」

「報告指揮官。這個太迷信了。都已經是什麼時代了，還託夢什麼的。」

「報告指揮官。託夢之事，也不可不信。我個人也有過這個經驗。」

這名軍官的說法引起了很大的爭議，在場的軍官爭吵的相當激烈，到最後甚至變成了科學的探討。可是，搜索行動處於膠著狀態，不論託夢之說是否科學，孫禎決定一試。也是死馬當活馬醫之意。

於是孫禎帶著一向膽大包天的游茂林，與杜國雄等幾人，夜晚睡在古新龔墳墓的旁邊。茂林連棺材也睡過，睡在墳墓旁自然不會害怕。杜國雄則心裡發毛，直說穢氣。可是，一夜過去了，沒有人得到古新龔的託夢。這個嘗試最後仍以失敗告終。

也不知道整個追捕行程過了多久。不管是山上、海邊、洞穴什麼的都找不到高金鐘，大家都懷疑高金鐘一伙是不是渡海而淹死了。

搜察行動一直持續到過年前，孫禎才悻悻然地回本島過年。他們根本沒料到高金鐘早從蘭嶼逃回了台灣，後來在基隆自首。

茂林沒能在追捕高金鐘事件中立下一功，感到十分失落。他極度渴望獲得自由，可是，他也不是衝動的懵懂少年了，懂得調適心情轉換心境。有時候到種花班與鄭財德聊聊天，或者和杜國雄到市區去解解悶，生活也很過得去。

一日茂林收到張小姐的來信，得到一個噩耗，小柄退伍後二天就死了。當時小柄在基隆廟口遇到角頭沖突，其中一方拜托他當調解人，可是，他去調解時卻被另一方誤認為事主，反被殺死。

與此同時，卻又發生了鄭財德逃亡事件。鄭財德調到種花班之後，常常藉著採買之名義，溜到市區的茶室玩。

一日他又外出採買，卻帶著一名茶室女子搭計程車逃到台北，再也沒有回來。當他再度落網，被送回岩灣後，被幾個士官長狠狠地修理了一頓，一隻手臂甚至被人打斷。

「實在太過分了，竟然把你打成這個樣子。這件事情一定要討回來。」茂林看著躺在床上奄奄一息的鄭財德，不禁怒從中來。他雖然身為傳令，但思維模式仍舊是江湖義氣那一套，全然沒有想到職務上的問題。

「不要啦。你現在是指揮官的傳令，不要為了我惹事。」鄭財德藉著茂林的關係逃出營區，給茂林添了麻煩，內心也感到抱歉。

「幹，你是我的朋友，他們竟然把你打成這個樣子。你不要管，我不會有事的。」茂林性子仍舊與往常一樣剛烈，看到自己的朋友被欺負，他就忍不住這口氣。別過了鄭財德，他盤算著如何給他們幾個人一些教訓，又不會惹禍上身的辦法。想著想著臉上不禁浮出一絲詭異的笑容。

當天晚上，王朝光士官長在晚點名過後，一個人晃晃悠悠走到福利社來買宵夜。他是修理鄭財德的士官長之一，對於這些管訓隊員，他一向抱持著強硬的態度，認為他們是十惡不赦之徒，必須狠狠地教訓。今天與往常一樣來到福利社，點了一碗麵。

「王班長，還是要牛肉麵嗎？」福利社的隊員熱情地招呼著。

「月底沒什麼錢，今天來碗乾麵就好。」王朝光摸著口袋，尷尬地傻笑。

吃完乾麵，並且與隔桌的幾個同僚點頭致意後，王朝光打個飽隔，往營區走去。夜色照在地下，微風徐徐吹來，一邊哼著小曲，甚是爽快。走著走著，突然眼冒金星，腦袋一暈就倒了下去。

等他醒來時，才發現躺在醫務室，頭被白紗被一圈圈地包著。醫生說是腦震盪，而且右邊的耳朵也被打掉了。

這件事正是茂林幹的。他知道王朝光這些管理人員在晚點名過後，經常到福利社買東西。這一晚他把臉包起來，穿著一身黑色衣服，躲在福利社旁的大樹下埋伏。

好巧不巧，王朝光在晚點名過後，如期到福利社買東西吃。茂林耐心等候，在他走出福利社後，跟在身後，狠狠一擊。沒想到一棍下去王朝光便被打暈，耳朵也連著被打掉。

茂林趁著沒有人發現，趕緊回到傳令室，換回軍服，刻意去找杜國雄、副總隊長傳令詹繼文等人聊天，以製造不在場證明。

管理人員被襲擊是一件大事，更何況當事人還掉了一隻耳朵，整個營區都在搜查可疑的犯罪人員。最後他們將目標鎖定在晚點名過後，可以在外頭自由行動的人員：小吃部的邱壽全、主任室的潘新暮、會客室的魏廷藩、副總隊長傳令詹繼文、甚至茂林等人都被傳去詢問。

茂林有不在場證明，而且是指揮官的傳令，自然沒有人敢為難他。其餘人的就沒有這麼好過了，拳打腳踢還算輕鬆的。有些人還被抓去浸水缸、鞭打，各種刑求花招百出。

茂林與這些勤務排的隊員，平時多有接觸，也算是相當好的朋友。茂林得知他們的遭遇相當不忍，他不願別人做他的待罪羔羊，最後自行向副總隊長王詹三自首。

「茂林，你實在是太衝動了。有什麼事可以跟我講嘛。」王詹三一臉憂心地說道。茂林來到岩灣與他已經共事三四年，平時兩人交情也不錯，王詹三總是把他當小老弟對待。

「報告，副指揮官，真的是對不起。」茂林低頭向王詹三懺悔著。

「你知道嗎？這可不是一件小事。你把人家的耳朵都打掉了，他們肯定不會善罷甘休。我們想護著你，於理也說不過去。你看該怎麼辦才好？」王詹三說的我們自然是指孫禎與他。雖然茂林是隊員，是受管理的那一方，但在感情上，茂林卻比那些軍官班長與他親近得多。他是真心想要護著茂林。

「報告，副指揮官，本來我想這件事神不知鬼不覺，沒有人會知道是誰幹的。但我實在不忍心勤務排的兄弟們因此而被刑求。」茂林知道他一旦承認是他幹的，日後的日子就不好過了，但為鄭財德打人是義，不能讓朋友為他代受苦難也是義，他已經顧不得自己了。

「好吧，我也能理解你。至於要怎麼處理我也不能做主。等指揮官回來再說吧。」當時孫禎到台北警備總部去開會，王詹三將茂林安置在警衛排等待孫禎回來。所謂打狗看主人，他知道茂林是孫禎的人，也不敢擅作主張。另外，將茂林安置在警衛排也是擔心被那些士官長處私刑，有保護他的意思。

一周後孫禎從警衛總部回到營區，得知茂林的事非常生氣，把茂林罵了一頓：「他媽的，游茂林，你真的無法無天。你是不是仗著是我的傳令，以為我就不敢辦你了？」

「報告，指揮官，我實在是沒有辦法，他們把人的手都打斷了。真的是太過分。」茂林硬著頭皮說。

「動私刑是他們的錯，但你襲擊他們也不對。」孫禎氣得眼睛瞪大如牛，額頭上連青筋都冒了出來。

「報告，是。」茂林看孫禎那麼生氣，也不敢再頂嘴。

「你犯了這麼大的事，我怎麼護著你？要按常規處理，你會被他們整死。」孫禎臉色鐵青地說。

「報告，指揮官，你就正常處理吧。我能挺得過去的。」茂林挺起了胸膛，一點也不怕。

「不行，你不能再待在這個營區了。」孫禎思考了一會做出決定，「你先調去花蓮鳳林，去那裡磨練磨練再說吧。」

職二總隊有一個分隊派駐在鳳林甘蔗園協助農民收割，製糖。孫禎決定把茂林調到那裡。一方面可以給眾人一個交代，一方面可以防止茂林被營區內的士官長凌虐。

「謝謝指揮官。」茂林向孫禎道謝。

「你去吧，去那裡好好反省反省。」茂林當了那麼久的傳令，孫禎也捨不得茂林離去，但口頭上還是相當嚴厲。

茂林依依不捨地離開指揮官辦公室，他知道這一去日子就全然不一樣了。傳令是一人之下萬人之上的工作，到了花蓮就是被管理的隊員。

鳳林是花蓮靠山的一處地方，廣闊的田野和氣候非常適合種植甘蔗，因此國民黨政府來台之後，也將這裡視為復興基地的一處後勤田地。

茂林來到鳳林始終戰戰兢兢，他不知道來這裡會有什麼樣的待遇。沒想到情況比他想像中好得多：分隊長柳中原給他分配了一個巡查工作。當其他的隊員帶著手銬腳鐐，在大太陽底下，收割甘蔗時，他只需要站在一旁監督，也不用上任何刑具。晚上茂林與那些隊員睡在同一間寢室，但白天茂林卻轉身變成管理人員。大家都知道茂林的關係很硬，也不敢多嘴。而且，得知茂林是因為毆打了士官長才被調來，更加佩服茂林的勇氣，覺得茂林是幫他們出了一口氣。所以茂林與他們的相處相當融洽。管理工作也執行得很輕鬆，甚至起到與管理方與被管理方之間的潤滑作用。

茂林的特殊待遇當然是孫禎交待下來的。事實上，無需孫禎交代，柳中原也不會為難茂林。他在職二總隊待了好幾年，知道茂林與長官們的關係匪淺。他推測茂林只是暫時被調到這裡磨練，有一天還會被調回去，所以對茂林也很客氣。

茂林雖然不用像其他隊員那些做苦工，但一整天曬著太陽執勤也很辛苦。幸好此時，張小姐與他的通信越來越頻繁，兩人之間似乎產生了情愫，讓他有了心靈上的支持。因此茂林肉體上雖然受了點折磨，但內心上卻是相當溫暖。

半年後，果然如柳中原所料，來了一份副總隊長王曾三發的公文，說是要將茂林調回總部。於是，茂林又回到勤務排，被安排負責文書工作。

回到工作多年的地方，茂林感到很開心，他一回到勤務排立刻來向孫禎打招呼。

「鳳林的生活如何？」孫禎久未看到茂林甚是高興，但表情依然嚴肅。

「報告指揮官。鳳林的生活很辛苦。」茂林舉起了手行禮，如實地報告了他在鳳林的生活。

「誰讓你愛惹事，去那裡吃吃苦頭也是好的。」孫禎說得嚴厲，但表情卻漸漸地放鬆。

「報告指揮官。我知道錯了。」

「你回來不能再當傳令了。人家會說嫌話，說我護短。王副總隊長的意思是先安排你當文書的工作。」孫禎接著說道。

「擔任文書我已經很滿足了，重要的是能常常看到指揮官。」茂林也不避諱，將心裡的話直說出來，對他來說這不是拍馬屁而是一種真摯的表達。

「唉，我在這裡也待不久了。在岩灣我已任職四年，又要輪調了。」孫禎嘆了口氣。

「是嗎？指揮官還會待多久？」茂林非常驚訝，他沒想到孫禎會走。

「也就這一兩個月。我走了也沒什麼，就是放心不下你。所以先把你調回來。」

「謝謝指揮官照顧。」茂林想到孫禎的苦心，充滿了感激。

「你也不用謝我。我是看你的本性不錯，雖然經常惹事，但總是為了朋友。我希望你能夠早日出去，重新做人，好好回饋社會。」孫禎又是擔心又是關懷的說了茂林幾句。

「我一定會改過自新。」

「你現在說這個太早。所謂江山易改，本性難移。你的個性是這樣，我也清楚。總之，你要記住，報應不爽。你自己做的最後還是要自己承擔。這次王朝光事件也是這樣。」孫禎仍舊苦口婆心地勸著茂林。

「是。」

「再跟你說一個壞消息。你上次的假釋申請沒有通過。你入獄至今也快十六年了吧？本來想你服刑時間也夠久了。上頭說不定會批准你的假釋，沒想到還是不能通過。不過，你放心吧。我走後會交代他們繼續幫你申請的，再怎麼樣也不能坐穿牢底。」

「謝謝指揮官。」茂林對於孫禎為他所做的事非常感動。他沒想到高高在上的將軍會為他付出這麼多。他下定決心，出獄後一定要好好做人，不能枉費孫禎的期待。茂林天不怕地不怕，採取強硬手段，不能屈服他的意志，但孫禎這種懷柔式管教，卻收了他的心。他要報答孫禎的恩情。

之後，茂林就負責發送公文、跑跑腿，並沒有什麼實質性的勤務勞動，工作也算相當輕鬆，還能時常抽空給張小姐寫信，互訴衷腸。後來福利社出了空缺，又被調到福利社去學習鍛鍊。

這時孫禎已調走了，由副大隊長王曾三上校擔任大隊長。職二總隊的福利社分為兩部份：一部份類似超市，提供各種生活日用品以滿足隊員的需要；一部份類似餐廳，或者說是麵攤，提供一些現做的餐點，以滿足食堂伙食外的需要。

主管福利社的是蕭宗強少校政戰官，他在超市那裡負責收銀、計帳、進貨、補給等工作，而茂林則負責餐廳的採買、烹煮、銷售、計帳等工作。

茂林在福利社之中，就如同一名麵攤老板，由職二總隊出錢，讓他負責經營管理。每天一大早，他都要隨同食堂的採買車一同到市區去進貨，回營區後再做午餐前的營業準備。茂林所販售的東西是一些台灣傳統的麵食與滷菜，烹煮技巧雖說不難，但要煮得好吃也要有一定的功力。福利社是營區專賣，即使再難吃，也會有顧客光臨，但茂林頗有做菜的天分，儘管沒有受過正規的訓練，也做得不錯。隨著時間的推移，口味越來越好，受到官兵們的喜愛。

然而，茂林做得再好吃，所有營業額都要上繳，他自己也落不下一點好處。為了賺取一點生活費，他就要自己想辦法。最早有人請他代買一下檳榔、香煙，給他提供了一條思路，後來他便自己進一些檳榔、香煙、肉粽，以及其他稀有物品到營區裡賣。只要不是違禁品，茂林通通有辦法帶進來。當然，這些東西是不可能擺在貨架上的，只能私底下交易。

茂林懂得巴結長官，每個人都說他的好話，即使有人知道茂林的非法生意，也不會有人去舉報他。當高級軍官來吃東西時，茂林總會特意加菜。一般軍官來吃，茂林只會給他們拌些肉燥，但隨著軍階越高，菜色則越豐富。不只會多放滷蛋、貢丸，還會放隻雞腿切幾塊豆乾。所以這些軍官一提到茂林總是讚不絕口。

每到月底，這些官兵手頭較緊的時候，總是會找茂林商量商量。茂林為了增加收入，就答應讓官兵們賒帳，然後打通補給官的關節，待月初發放官餉，直接從補給官那裡抵帳。一個月下來，手上也能落得幾百元；以當時的生活水平來說，已能過得不錯了。

「阿卿，咱這附近，有沒有店面出租。」茂林這一年多來總是向阿卿進貨，主顧客之間的關係相當不錯。他一臉正經向賣檳榔的阿卿打探租房的消息。

「店面？你是要做什麼？」阿卿是二十多歲的女孩，長得瘦瘦高高，一臉好奇地問著茂林。

「理髮廳之類的。」茂林低著頭，有點不好意思地說道。

「你一個男人，要開什麼理髮廳？」茂林問了阿卿一個問題，他還沒給答案倒是先問了一堆問題。

「是我的女朋友要開的。我在幫她找店面。」茂林靦腆地說道。

「原來是這樣啊。她如果來這裡開店，你就能每天見到她了。好啊，我幫你問看看。消防隊對面，好像有人要出租店面的樣子。」阿卿一邊消遣茂林，一邊提出所知的確切信息。

「好啦，不然，拜託你幫我問看看。我先走了。」茂林雖然已經三十好幾了，但被一個小女生消遣還是有點不好意思。

茂林與張小姐通信多年，感情越來越深。張小姐得知茂林每天都可以外出採買，便有搬到台東市區的打算。他原本是在基隆做美髮的，現在則想到台東開間理髮廳，就近地陪伴茂林。

在阿卿與一些台東本地朋友的幫助下，茂林在光明路找到一個店面。張小姐遂搬到台東，雇了幾個小妹，開起了「省都理髮廳」。

茂林在台東這麼多年，朋友著實不少。許多營區的朋友放假時，都會特意到省都理髮廳捧場；一些台東本地的朋友，茂林採購的老主顧、也會去光顧，照顧一下張小姐的生意。因此，省都理髮廳做得有聲有色，甚至成為職二總隊官兵的在台東市區的休憩點。

張小姐為人隨和，與茂林的朋友都相處得很好，一點也沒有給他丟臉。阿卿則視張小姐為姐妹，在生活上處處給予幫助、憲兵中尉李慶賀認張小姐為大姐，相當尊敬他。所以，張小姐雖然離鄉背井，但也適應得很快。

· 省都理髮廳開業

張小姐願意隻身來到台東，對於茂林的感情可想而知。他已經有了與茂林共結連理的決心了。而茂林雖然行動相對自由，但還是犯人的身份，遇到一個女子如此相待，其感動不在話下。更難能可貴的是，張小姐還解決了一個困擾茂林多年的家庭問題。

自茂林犯事後，茂林的父親就一直很不諒解茂林的行為。茂林入獄十多年，也從未探望過他。張小姐得知茂林的狀況，特意從台東坐飛機來到台北泰山，在茂林小妹的幫助下，見到了茂林的父親。游家對於一個女孩從遠處到來，居然還是為茂林說情，無不感到詫異。

一個無期徒刑犯坐牢那麼多年，怎麼會還能結交女朋友？

這麼好的女孩子怎麼會看得上一個殺人犯？

一個女孩子怎敢隻身來到男方的家裡，而且是在沒有人引見的情況下？

但張小姐解開了眾人的諸多疑慮，跟茂林的父親仔細述說茂林近些年的轉變。他雖然對茂林有氣，但相隔十多年，氣早就消了。而今有一個女孩遠道來到家裡為他說情，再怎麼樣也不能給他難堪，破壞茂林的姻緣。

在張小姐的真心說服下，茂林的父親由六弟水源陪著來到台東探視茂林。

「爸，一路上辛苦了……」雖然早已知道父親會來，但一看到父親，茂林還是壓抑不了激動的心情，雙手有些微微顫抖，眼淚差點奪眶而出。張小姐從旁走過來輕拍了一下茂林的手，面露微笑地站在旁邊。

茂林父親的表情先是有些僵硬，彷彿倔強地不想跟茂林說話，但是看到茂林那誠懇問候的表情，老父親的嚴肅也漸漸軟化，變回了小時後那個坐在田邊看著田水、擔心著收穫的慈祥父親。

「阿林，這幾年過得好嗎？」父親的聲音微微顫抖，相隔了十幾年他終於再次見到這家中唯一、在外頭流離失所的孩子。

「爸……爸……家裡好嗎？」一時間茂林的腦中一片空白也不知道要說些什麼。只是隨口問些家裡的狀況、田地、兄弟姊妹們的婚姻狀況之類的。

張小姐將兩人請到理髮廳內弄了

・張小姐與游茂林父親攝於陽明山

張桌子、準備了茶跟一些點心，然後將時間留給這三名很久不見的親人，自己到前頭去掌管店裡的生意了。在員工的眼裡，這位年輕老闆娘不止精明能幹，更顯露出一種母性的光輝跟溫柔。

「爸，家裡的田都還好嗎？」與父親兩人獨坐在理髮廳的內室，茂林突然感到有點拘束。父親的臉孔添上了許多皺紋看起來蒼老了許多、頭髮花白而變得稀少，那雙多年來務農的手掌，也累積了厚厚的繭。

水源在一旁為兩人添茶，陪伴著父親來這裡看六哥的事情讓他非常開心，能夠看到久違的家人更是讓他喜上眉梢。

「都還好啦，只是最近體力比較差一點，有些工作都交給你兄弟他們做，我比較少下田去了。」老父親喝了口茶，眼神在茂林的身上來回走動，想要好好看看這個孩子是否有了什麼巨大的改變。

「是喔……」

「你在這裡面過得好不好？有沒有人欺負你？」話鋒一轉，老父親關心起茂林的監獄生活。

「爸，不用擔心，這裡面的人都對我不錯，長官也對我很好，而且再過不久我就能出去了，你不用操心啦。」茂林如實地說，其實跟了孫禎之後根本就沒人敢欺負他。

「沒事情就好……你要知道你已經不小了，出來之後要好好做人，找個工作老老實實的去做，知道嗎？」老父親話鋒一轉，又變成了那永遠擔心自己孩子的慈祥父親。

「爸，我知道啦。」茂林一手抓著後腦勺，不好意思地說。

「知道就好，知道就好。對了……你要好好珍惜人家，你看哪個女孩子可以這樣，長這麼大離開家跑到這裡來開理髮廳，之前來我們家裡來跟我說你的事情，又帶我搭飛機來這裡看你，這種女孩不多見的……你知道嗎？要好好珍惜人家，知不知道？」老父親訴說著張小姐的好，耳提面命地要茂林珍惜他。

「知道啦，爸，我一定會好好對他的，我知道啦。」兩個男人一邊喝著茶一邊聊著家裡的事情，偶爾分心看著外頭忙進忙出的張正鶴。

慢慢地，熟悉的家庭感覺又再次升起，在茂林的心中醞釀著濃濃的暖意。

茂林每天早上到市區採買，繞道到省都理髮廳去坐一下，然後再回營區去做生意，日子倒也過得充實。但從民國四十年七月入看守所算起，到民國五十七年已經過了第十八個年頭。多次假釋申請被距，他對於出獄早已沒有了盼想，有時甚至會想就這樣過一輩子也未嘗不可。然而，就在他對於假釋已經死心的情況下，突然傳來了好消息：王曾三沒有忘記孫禎臨走前的交代，他一直幫茂林申請假釋，終於在民國五十七年初，獲得警備總部的批淮。

「游茂林，告訴你一個好消息。」負責人事業務的參一科中尉黃聲文看到公文後，匆匆忙忙來到福利社。

「什麼事啊。」茂林正忙著切菜，頭也不抬地說。

「你的假釋申請通過了。」黃聲文與茂林頗有交情，他真心為茂林感到高興。

「真的嗎？」茂林有點不敢置信，楞了半天，手上的刀差點切到自己。

黃聲文見茂林一臉呆滯，差點笑了出來：「真的啊。這種事怎麼能夠亂說呢。你趕緊去收拾東西，我們還要去台中監獄辦手續呢！」

「好，好，我去準備。」茂林難掩臉上的歡喜，三步併作兩步地跑回自己的房間，又是開心又是緊張地收拾著東西。

在與眾人簡短道別之後，黃聲文帶著茂林出了營區，直奔省都理髮廳。張小姐聽到這個消息非常興奮，二話不說，立刻決定要跟黃聲文與茂林去台中。黃聲文明知這不合規矩，但他也樂得做這個人情。

三人坐著火車來到台中，張小姐先去親戚家等待茂林。黃聲文則與茂林來台中監獄辦理手續。

可是，他們萬萬沒想到獄方的主管人員居然找不到茂林的檔案。這也就是說他們根本沒有茂林在台中的服刑記錄，無法與警備總部的訓導教育做交接。雙方交涉了很久，最後獄方答應盡快地查找、或者重新辦理茂林的檔案，並要求茂林先回岩灣等待消息。

於是，茂林又萬般無奈地在黃聲文的陪同下回到岩灣。

回到岩灣之後，由於福利社的工作已經交接，茂林只好暫時到廚房幫忙。大家都知道茂林獲得假釋批准的消息，紛紛向茂林賀喜。茂林在廚房的日子也很輕鬆，大伙也很同情茂林的遭遇，不斷安慰他檔案的問題很快就能解決。

茂林起初也以為要不了幾天，就能收到台中監獄的消息。沒想到，一個月、二個月、三個月過去了還沒有任何音訊。這時茂林開始擔心起來，他害怕台中監獄永遠找不到他的檔案。

一向不信神的茂林，這時不禁求起神拜起佛來。當年他為了吃一口鹽而信耶穌，而今為了出獄，不只拜起觀音、媽祖，連佛祖、阿拉也都信了。也不知台中監獄是真的遺失了茂林的檔案，還是有意折磨茂林，直過了六個月才發來通知，說是找到了茂林的相關資料。

「這張證書收好，後面那張有一些注意事項，你要記得按著時間回去報到，假釋出去之後好好做人，不要再回來了，知道嗎？千萬記得你殘留的刑期還有十年，如再犯事還要把這十年關完。」辦理假釋的官員將證書、報到單等東西攏成一疊裝入牛皮紙袋推到茂林面前。

茂林難掩自己的欣喜之情，露出了微微的笑容。

「謝謝長官，我一定會好好做人，不會再回來的。」茂林壓抑住嘴角的笑意，鎮靜地接過資料一一抽出檢查一番，確認該有的資料都有後，茂林起身敬禮，轉身往外頭走去。

會晤室、戒備森嚴的長廊、存放私人物品的保管室，和那堵有三層樓高、佈滿流刺網的高牆與厚重鐵閘門，這一切的設施再也不能束縛著他。

臨走前，轉頭再看一眼自己曾待了多年的台中監獄，那所有的苦悶、無數的回憶都湧上心頭，眼角默默地流下一滴眼淚。

游茂林，三十六歲，民國五十七年六月十六日，假釋出獄。

重獲自由。

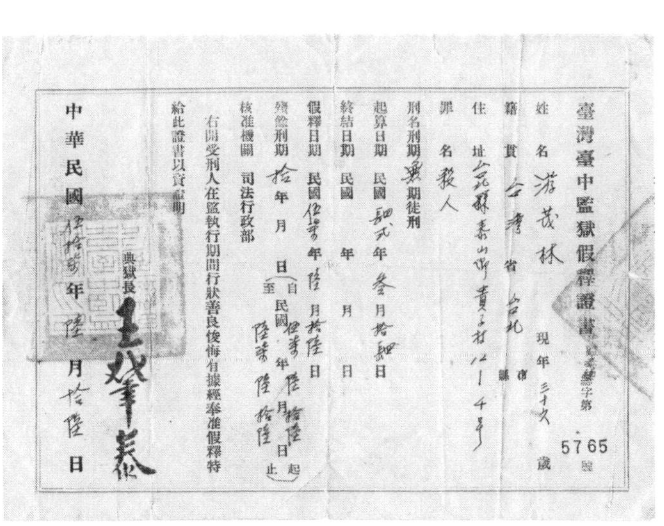

臺灣臺中監獄假釋證書　字第 5765 號

姓名　游茂林　現年　三十六　歲

籍貫　台灣　省　台北　縣市

住址　台北縣泰山鄉貴子村

罪名　殺人

刑名刑期　無期徒刑

起算日期　民國　年　叁　月　日

終結日期　民國　年　月　日

假釋日期　民國伍拾柒年陸月拾陸日

殘餘刑期　拾　年　月　日（自民國伍拾柒年陸月拾陸日起至陸拾柒年陸月拾陸日止）

核准機關　司法行政部

右開受刑人在監執行期間行狀善良悛悔有據經奉准假釋特給此證書以資證明

典獄長

中華民國伍拾柒年陸月拾陸日

．民國五十七年游茂林終獲假釋證書

06　轉折

07 重生

民國五十七年，中華民國政府來台已逾二十年。早期跟著來台的人數眾多，再加上政局動蕩不安、物資缺乏，造成物價急速上漲；因此政府採取了一系列恢復經濟的政策與措施，讓台灣經濟慢慢恢復生氣。後來又制定了以出口導向為主的經濟發展策略，廢除不同滙率制度，實行外銷退稅制度，促進了臺灣產品的外銷與經濟發展。當茂林重返社會時，已是生氣勃勃。

入獄前，茂林的大哥祥銓、二哥式呈都已成家，而今全部的兄弟姐妹無一不是兒女成群，侄子建豐、建興等人甚至都已值適婚年齡。茂林突間看到家裡多了這麼多新成員，更添一種「少小離家老大回……兒童相見不相識……」之感。游家的祖屋雖然還在，但兄弟幾人早已分家，聚居於新莊丹鳳附近。老父親由大哥祥銓扶養，茂林選擇暫時寄住在六弟家裡。

在獄中，茂林也曾聽說過一些家中的變化，但如今親眼所見給了他很大的感觸。大哥祥銓在當工頭、二哥式呈開了間小餐館、四哥茂宗與人合伙經營貨運公司、六弟在三菱汽車公司上班，七弟秋義則在中壢市區開了一家皮鞋店，兄弟們雖然經濟不算富裕，但也都先後成家立業，生活幸福。他不禁感嘆自己延誤了這麼些年光陰。

身為游家子弟的一員，茂林也想成為最有出息的兒子，可是，如今落後甚遠。別說在社會上有什麼地位，賺了多少錢，連個狗窩也沒有，甚至沒能力建立自己的家庭。一向好強的茂林暗自下定決心要迎頭趕上眾兄弟，不讓人看衰。

然而，形成巨大反差的是，家人對他並沒有多少期許，只希望他不要再惹事，以免連累家裡；一個浪費了二十年寶貴青春，年屆中年，沒有一技之長的人，能期待他什麼呢？

「茂林，這是一萬八千塊，你拿去做點小生意，早日賺點錢，建立我們的家庭吧。」張小姐從包包裡掏出一個信封放在桌上，深情款款地看著茂林。

這是她工作多年攢下的積蓄。為了能夠幫助茂林獲得成功，她把寶全押在他身上。

茂林內心浮起複雜的情緒：張小姐多年苦苦等待，終於等到他獲得假釋，而今，還拿了這麼多錢要來給他去做生意。「不用啦，這些錢你收好。」茂林輕輕地把信封推回，溫柔地拍了拍她的手說。

「我是認真的，你不用跟我客氣。」張小姐又把信封往前推，看得出來是真心想幫茂林。

「我要靠自己的能力來闖出自己的天下，我不可能拿你的錢。」茂林的口氣異常堅定，他同時下定決心，不能讓這樣好的女子失望、過苦日子。

「好，我會等你賺到錢來娶我。」張小姐無耐之下只得把錢收好。見茂林堅毅無比的眼神，內心充滿了崇敬之意，她相信茂林終會獲得成功。

祥銓身為長子，見茂林重新回到家裡，責無旁貸，肩負起長兄的責任。他在農忙之餘經常到工地裡幹活，久而久之也升格當了工頭。

「你明天跟我去工地做事吧，努力一點，一天也能夠賺一百元。」祥銓對茂林親切說道。就怕茂林每天待在家裡無所事事，再去惹了什麼麻煩回來。

「好啊。反正我也沒事。」茂林點頭答應，對於大哥的熱心關照他很是感激。

茂林身體一向不錯，但他從來沒幹過這一行。從早上八點開始，前前後後搬了幾十車的磚頭、水泥，累得他回家裡倒頭便睡，甚至隔天起床還感到四肢酸痛。

「這錢真的是不好賺啊。」茂林手上拿著靠體力賺來的一百元錢一邊想著。

這時有不少朋友聽說茂林回來，紛紛找上門來。蔡詩祥在小琉球曾受茂林的照顧，他在三重一帶頗有勢力，開出一天三千元的工資，讓茂林幫他照看賭場。

「阿林，你要是有興趣來幫我，只要給我個電話，大家都是自己人，不用跟我客氣啦。」蔡詩祥帶了一大群小弟替茂林接風，在餐桌上跟茂林慷慨地說道。

「多謝你的幫忙。不過，我想要先靠自己的本事來拚看看。如果真的不行，到時再去麻煩你吧。」

茂林幾經考慮，最終婉拒了蔡詩祥的好意。一天三千，一個月就是賺九萬，它的誘惑力別說有多大了。可是，茂林明白這是在刀口下討生活。如果賭場出了什麼事，他必須出面處理。他與全台灣的角頭都有些交情，熟人大多會賣他面子，但難保不會遇到一些後輩來衝場子搶地盤。這時免不了打打殺殺。萬一有個三長兩短，怎能對得起張小姐苦苦等他；如果再入獄，又怎有臉見孫禎將軍。茂林不想辜負他們的期待。

鄭金德當年在看守所時受過茂林的照顧，他出獄後在南方澳經營遠洋漁業，手上有兩張漁牌。聽到茂林在工地做工很捨不得，他提出五萬元的額度，讓茂林先賣魚後付款。

「老大，你如果對賣魚有興趣，你可以先把我這裡的魚拿回去賣，賣出去再來結帳就可以了。五萬元以內，我還沒有問題。只要你一句話！」

「不過，我從來沒有幹過這一行，可行嗎？」茂林從來沒想過賣魚的生意，這時聽鄭金德說不禁猶豫。

「做生意的道理都差不多，你在職訓總隊不是也賣過麵嗎，我想都差不多。」鄭金德極力勸說。他其實也沒有把握茂林能勝任這個工作，但極想透過這個方式還茂林一份情。也算是報答他照顧之意。

「好吧。不然我就先做看看，多謝你了。」茂林想了想，還是接受了鄭金德的好意。畢竟賣魚是一份正經工作，而且無需本錢，再怎麼樣也比建築工人好多了。

於是，茂林每天三點起床搭車去南方澳，然後再運回台北沿街叫賣。

「新鮮的海魚，活跳跳的海魚！」茂林騎著自行車，從這個村莊到那個村莊。

「頭家，有虱目魚嗎？」一個男子聽到茂林叫賣，把茂林喊了下來。

「有啊，一斤八元。」茂林笑著回答，心想今天生意很不錯。

「你是不是黑狗林嗎？」買魚的男子似乎認出了茂林，但又不敢確定，他萬萬想不到茂林做賣魚的工作。

「你是阿水啊，真是好久不見。以前跑路時常去你家麻煩，你要吃魚直接拿去吃吧，也不用拿錢了。」茂林生性海派，見是幫過自己的熟人也不好意思收錢。

「你真是不簡單。關十八年出來，還騎一台踏腳車在賣魚。這樣太辛苦了啦，要不我買一台摩托車給你騎啦。」阿水家境不錯，小時候與茂林又玩得來，這時見茂林腳踏實地，有心幫他一把。

「不可以，不可以。你要是想幫我，就多買我一些魚吧。」茂林不想欠人太多人情，趕緊推辭。

「不然，你每天都到我們村裡來賣，我絕對讓親戚朋友多跟你買。」茂林謝過了阿水，又繼續沿街叫賣，直到下午才回家洗衣、做飯。

就這樣在一些朋友的幫助下，茂林的生意也做得風風火火。四處叫賣的生活雖然辛苦但很充實，而且，收入比當工人好多了。生意好的時後一天能賺六、七百元，一般也有三、四百。幾個月下來，就存了幾萬塊錢。

這時茂林便開始計畫迎娶張小姐。賣漁的生活實在太累，又要進貨，又要沿街叫賣，回家後還要洗衣、煮飯，一天都睡不了幾個小時。娶了老婆，就有人可以分擔家計了。

民國五十七年的秋天，茂林借用朋友的工廠大擺流水席，邀請議員胡彩鳳擔任主持人，席開七十五桌。除了游氏宗親、泰山、新莊的名流紳士之外，全台灣的角頭和有名望的老大們都出席了茂林的婚禮，將丹鳳地區擠的水洩不通。

「恭禧，恭禧。黑狗，不簡單啊，出來沒多久就娶老婆了。乾啦。」黑面仔帶了一群兄弟跟茂林敬酒，杯來杯去的四處灑著黃湯看起來好不開心。

「我們自己人，隨意就好。今天來這裡的兄弟那麼多，你幫我多招待才是。」茂林好不容易到各桌都敬完了酒，才剛坐下來吃了兩口。

「沒問題，這哪用你說，我已經喝好多了。那一桌說是和你關了好久的兄弟，我都已經喝過了。」黑面仔搭著茂林的肩說道。

茂林看黑面仔臉紅通紅，顯然是喝了不少。「我們喝得已經很熟了，可我都沒見到你

・游茂林與張小姐結婚照

和他們喝。來，黑狗，和大家喝一杯。」黑面仔非得要把茂林從主桌拉了出來。「好啦。不然你就再和他們去喝一杯吧。」張小姐剛變成游太太心情甚佳，看朋友來鬧酒也不阻檔。

於是，茂林又在黑面仔的陪同來，來到「朋友桌」敬酒。

看到茂林抓著杯子和黑面仔晃了過來，幾名兄弟馬上樂得舉起杯子大聲歡迎。「黑狗，恭禧啦。」「你今天是新郎官，不要喝那麼多啦，不然洞房醉了怎麼辦？哈哈！」「是啦，黑狗，不要逞強。我看，你還是少喝兩杯，回去才好交代啦，哈哈哈！」

這時黑面仔才在茂林耳旁低聲說了一句話，茂林眉毛深鎖，抬頭四處觀望，似乎在尋找什麼。

「不用找了，人家早就走了。」原來他的醉態都是裝出來的，主要目的是為了把茂林從妻子旁邊支出來，跟他說這一句話。

茂林熱烈慶祝婚禮之時，有一個人偷偷躲在外頭偷看茂林的婚禮，黯然神傷：他就是被父親賣到萬華的陳小姐。

陳小姐被父親賣到萬華後，在華西街做了好幾年，後來又淪落到金門的軍中樂園八三一。也算他運氣好，在那裡與一個上校產生了感情，命運發生了轉機。上校退伍之後也就娶了陳小姐，因此又回到了泰山。也許是陳小姐多年未見茂林，也許是餘情未了，在熱鬧喧騰的婚禮外，只得躲在一旁默默垂淚。

然而，茂林知道這件事，除了徒增煩惱之外，什麼好處也沒有。這些都是造化弄人，沒有任何一件事是他自己所能主宰的。

婚後，茂林持續了一段賣魚的工作，生活也還過得去，但沿街叫賣的過程中，他嗅到了台灣社會正在發生變化的味道。他並不知道政府做了什麼措施，帶動台灣經濟逐步起飛，可是，他發現農田越來越少，而房子漸漸變多，建築業有很大的發展前景。

當時，茂宗與矮腳義合伙從事砂石貨運工作。茂林與茂宗商量後，決定賣掉父親分給他的那塊祖地，分期付款買了一輛三菱十二噸的大卡車。然後，又與茂宗一起吃下矮腳義的股份，掛著東進貨運的牌踏入了建築運輸的行業。

經營貨運公司最重要的是讓自己的卡車每天都能開工。剛開始茂林只認識同行的一些人，不認識建設公司的大老板，他只能與同行打好關係，看他們承包的工程裡有沒有多餘的工作可做。在這種情況下，雖然能賺一點錢，但也不能發大財。要能夠賺更多錢的方法得靠自己承包建設公司的工程，然後轉發給同行做。幸好茂林人脈很廣，這使得他在做生意的過程中，多了許多無形的幫助和機會。

「黑狗，樹林的劉進富兄弟有事情要請你幫忙。」一日，黑面仔來到茂林家中，跟他談到這件事。白茂林入獄後，黑面依然在當地走動，人脈也相當廣。

「來啦，先喝一杯茶。歇一下。」茂林正在逗弄出生不久的大女兒春美，他年近四十才當爸爸，十分疼愛這個女兒。

「他們劉厝的進富是大兄，還有進國、進發兩個小弟。一家人一起在做磚頭的生意，本來做來很順利，生意越做越大。不過，最近有一個叫陳展的人來找麻煩，說不讓他們磚廠的車經過他的地。這樣他的磚頭就運不出去，生意就沒辦法做了。」黑面一邊喝著茶，一邊比劃著說道。

磚廠都是設在較為偏僻的深山中，以便就地取材燒窰。但是山林並非無主之地，陳展見劉家的車經常路過他的地，知道他們賺了不少錢，想要分一杯羹，這時便把路封起來不讓劉家的車出入。

「原來是這樣。他們是叫你來跟我講，請我去處理這件事情是嗎？」茂林抽了一口烟，尋思著劉家兄弟的目的。

「是啦，他們已經叫一些頭人去處理。可是，陳展都不賣面子，還是不給他們的車過路。不知道聽誰說你能夠處理這件事，所以就拜託我來和你說。」黑面仔喝了口水解釋著事情的原由。

接著茂林問了一些劉家兄弟的為人，知道他們是樹林的旺族，而且為人忠厚老實；陳展則是林口人，在當地也是一號人物，曾殺人入獄做過幾年牢。茂林雖然與他沒有深交，但也有過幾面之緣。他有把握能調解這件事，於是答應出面替劉家兄弟交涉。

過了兩天，茂林就登門拜訪陳展。兩人在客廳裡泡了茶，天南地北地聊著，而他們共通的話題則是入獄服刑的日子，勾起了不少回憶。

「阿展，他們劉家兄弟跟我交情也不錯。你看可不可以給我一個面子，路讓他們過。看你要多少補償，我去跟他們講。」茂林跟陳展一陣寒暄後，直接說明了來意。

「原來是他們兄弟拜托你來的。既然老大你開嘴了，我這裡哪有什麼問題。也不用說補償什麼的。他們要過就讓他過吧。」陳展豪邁地說道。

「你這麼給我面子，也不能讓你吃虧。你看要什麼條件，盡量說不要緊。」陳展口頭雖然說不要補償，但茂林自然不會當真。

後來陳展開了一些條件，茂林與劉家兄弟見面進行討論，給了他一些回饋，於是，劉家兄弟又順利地經營他們的磚廠生意。

這些帶有黑社會背景的人物最買茂林的面子。他們知道茂林的「豐功偉業」，而且茂林與全台灣各個角頭都認識，可以稱得上是縱貫線的大哥。白道的面子對他們或許不管用，但遇到茂林，或者出於臭味相投的原因，或者出於未來要借用茂林的資源，只要他一出面事情就能夠談成。

為了回饋茂林的幫助，劉進國也給茂林開出了優惠條件。他們知道茂林在做砂石運輸，與建築業有關，應允茂林可以拿他們的磚去賣。仍舊是先賣後付款，有百分之二十的利潤空間。茂林無需負責生產、運輸，只需依他的人際關係多方周旋協調，便可以「空手套白狼」。這對於茂林與劉氏兄弟雙方都有好處：劉家兄弟多了一個保護網，而茂林透過他的人際關係，可以迅速地累積財富。

出於同樣的原因，茂林也逐漸地拿到建築公司的工程，開始在建築界打出了東進貨運的口碑。當年的建築公司不像今天都是上市公司的規模，與台灣的經濟發展一樣，都還處在發展擴張的階段。一些有錢人，合夥拿出一大筆錢，買一塊地就能做起賣房子的生意。如果是在自己的家鄉賣房子，一般不會遇到什麼問題，但擴張到外地去，缺乏地利人和，就很難順利。當年雖然還沒形成有組織紀律的幫派，但地痞、流氓著實不少，他們總是會找一些名義到工地鬧事，報警也沒有多大用處，因為他們也不會笨到赤裸裸地來打劫，報警之後反而又會惹來更多麻煩。凡是到新莊、泰山、樹林、林口、五股附近一帶蓋房子，找茂林合作就可以避免這些問題；只要茂林一出面，這些地痞、流氓多半會買帳。

因此，茂林的名聲很快地在建設公司之間傳開：慧德建設、寶座建設、龍井建設、真善美建設、麗寶建設等，都開始與茂林合作；信東磚廠、功和磚廠、振益磚廠、立昌、大勝、豐裕、回龍、員新、信翔等公司也跟茂林他建立起了信賴和長久的合作關係。茂林很快地還清了貸款，又買了大卡車、挖土機，生意是越做越大。

這一天，茂林帶了一大把錢來到一個熟人的家裡。這人不是別人，正是當年新莊地區的首富王清標。站在寬廣大門的前頭，茂林今天要來了解他多年的心事。

「請問王清標先生在嗎？」茂林在門口躊躇了一陣子，整理整理過服裝之後才上前去敲門。

「請問是哪裡找？」一個中年婦女的聲音應道。

「我是游茂林，有事情來找王清標先生。」應門的人也不知茂林是誰。見他穿著整齊又有禮貌，怎看都不像是個壞人，便帶他穿過大門與穿堂來到了大廳。

如今王清標已是一個六七十歲的老人了，正悠哉地坐在桌前泡茶。

「你是……」事隔二十多年，王清標

・游茂林大女兒周歲

已經認不出來這就是當年曾勒索過他的那位少年。

「黑狗林……，你還記得嗎？當年跑路時，我曾來這裡跟你拿了五百塊錢。」茂林表明了身分，滿臉歉意地說。

「原來是你……你今天是來？」那把亮晃晃的扁鑽好像又重新插在了桌上，王清標的腦海瞬間浮現了當時的景象。

「我今天是來跟你道歉的，當時我少年不懂事，今天我出獄賺到錢，特意拿錢來還你的。」茂林把裝錢的袋子放到桌上，非常有誠意地向王清標鞠躬道歉。

「這……」王清標活了這麼大把年紀，流氓也見過不少，但他第一次見到茂林這樣知錯能改的人，對他來說倒是一件新鮮事。王清標話題一轉，開始打探茂林的近況。

「你回來之後在做些什麼工作？」

「現在從事建築業，有幾台車在運砂石，也一邊賣磚頭……」茂林簡單介紹了一下自己工作上的近況。王清標一邊聽一邊點頭，面露微笑。

「很好，這樣做正經生意才是對的。我這有一些土方，如果你需要，隨便載去賣吧。」

茂林沒想到王清標不只不拿他的錢，反而還提供土方讓他拿去賣，內心一陣歡喜，但嘴巴上卻推辭著：「千萬不能這樣。我一直很過意不去。這二十年，我一直惦記著欠你一份情。可是回來後一直沒賺到錢，也不敢來見你。今天終於……」

王清標身家厚實，也不在意那一些錢，令他意想不到的是，茂林難能可貴的轉變。因故，無論茂林怎麼說，他都堅持不肯收茂林的錢；而茂林也沒料想到自己的行為，反而帶給他更多做生意的契機。

隨著茂林的事業越做越紮實，來找他的人也越來越多。除了請他辦事的生意人之外，也少不了在獄中結織的那些兄弟。這些人有時候帶給茂林生意上的便利，也時也給他帶來一些生活上的困擾。而這些困擾，又只有在道上混過的人才能了解。

一些大哥退出江湖前會進行一個「金盆洗手」儀式，代表他與過去的生活做切割，以後不再插手江湖事務。但是，有句話說「人在江湖，身不由己」，要跟過去斷得乾淨並不容易。這樣的狀況，總是發生在那些依靠黃、賭、毒過活的黑道大哥身上。茂林跟這些大哥們不同的是，他在社會上混靠的不是結黨結派、以惡勢力來獲取非法的巨大利益，茂林的每一分錢都是正正當當賺來的。所以，他無需「金盆洗手」斷絕與過去的聯繫，也不會遇到因為要斷絕過去的事業聯繫，而遭人報復，或危及小弟生存而不能退休的情況。

茂林身在江湖，也無需退出江湖。

遇到經營法律邊緣行業為生，過得比較好的兄弟來敘舊，茂林有錢招待他們吃飯、喝酒，給他們做足面子。像周振全出獄後，身邊仍養著一批兄弟，他來找茂林聊天喝茶，茂林就會開著車帶他們到北投玩樂一番。

遇到生活落魄的兄弟，茂林也仗義疏財，不吝於給他們一點生活費花用。老朋友古俊煌管訓太久，出獄後精神有點問題，整個人個性大扭轉，從此不吃肉改吃素，總是在說修行的事。茂林念及舊情，也會支援一下他的生活。

當然如果遇到一些老來要錢、不思進取的人，茂林也會說他們幾句，希望他們能好好工作。畢竟他不是在做善事的，不可能無限制的贊助這些不知長進的人。

如果遇到一些角頭糾紛的，在自己的能力範圍內，他能夠調解就調解，但要他再去出頭，就不可能了。畢竟他成了家又有四個小孩，如果有個三長兩短該怎麼辦？

黑面仔的意外死亡，給他帶來最大的心理折磨。黑面仔不知怎麼與艋舺一位老大的前妻好上了。他自己也是有家室的，所以這個三角問題搞得很僵。後來這個女人跑去跟他的前夫挑撥離間，說是黑面仔的關係導致他們離婚。結果，這個老大一怒之下，設計了一場車禍撞死了黑面仔。

黑面仔與茂林是從小到大的死黨，交情相當深。按照茂林的性格，他會去對方報仇，但是，他掙扎了許久，最終還是沒有去，由王慶章家人尋求法律途徑解決。茂林說：「如果我沒有娶妻生子，我會去幹掉對方，可是……」茂林雖然找了一個合理的理由沒有去報仇，但這件事畢竟與他的認知不合，所以他經常想起來就很難受。茂林年輕時之所以膽大妄為是因為沒有後顧之憂，他常說：「不怕死的最猛」。有了家累之後，可以說他怕死了。

但是，也不能以為茂林可以任人欺負，不會還手，他只是安分守己罷了。

「老闆、老闆，事情不好了。」一天早上，李慶賀驚慌地衝進辦公室，打斷了正在看報表的茂林。李慶賀從岩灣憲兵隊退休後，便來到茂林的公司工作，本來不會開大卡車的他，在茂林的培訓下，最後也考到了駕照。

「怎麼了？發生甚麼事情，這麼緊張？」茂林看到這麼急，也緊張了起來。

「有一輛砂石車不見了！早上起來要去開車，怎麼找也不到車子，車子不見了。」李慶賀還驚魂未定。

「怎麼會發生這種事情……」茂林從位子上站了起來，跟著李慶賀到停車場一看，果然少了一輛車。雖然慶幸車子沒有全部被偷走，但那輛被偷走的車花了一百三十多萬，損失還是很嚴重。

「我們該怎麼辦？」李慶賀在一旁乾著急。

「立刻去登報，每一家報紙都登上去，就說找回來我們給他五萬元獎金，看看會不會有人來跟我們連絡。」茂林明白這個車子是營業用的，一般人偷去根本一點用處也沒有，竊賊一定會前來跟他勒索。因此，他打算用懸賞的方式，把自己的電話公告大眾，讓竊賊知道聯繫電話。

報紙一登，茂林果然接到許多電話表示他們知道車子的下落。可是，經過茂林仔細詢問，發現都是來騙獎金的。一個星期過去了，茂林開始擔心竊賊直接把車賣了，幾經轉手的話可就更難找回來。就在茂林逐漸絕望中，突然接到一個電話。

「是游茂林先生嗎？」一個男子的聲音，聽起來特別低沉，像是故意壓低了聲音。

「我就是。」茂林很平淡地回答。

「你們公司的車子在我們這裡，想要車子的話就拿四十萬來……」

茂林聽到對方獅子大開口也不生氣，他不怕對方要得錢多，就怕車不在對方手裡。他仔細詢問車牌號碼、各種特徵，對方也據實回報，茂林聽著聽著越是高興，確認車子果然是被這夥人弄去的。

「一下子要這麼多現金，也得給我時間準備一下，我們要約哪裡？」茂林決定先實施拖延戰術，打探出偷車賊的位置之後再想辦法。

「給你一天時間，明天在台南新市交流道出口等你。你開車帶錢來，我會在那邊等你。記得，不要耍花樣，不要報警！」對方一說完，立刻掛了電話。

茂林在江湖打滾這麼些年，小偷見得多了。在監獄裡，小偷就是專門被打著玩的，他一點也沒把對方放在心上，心想這是在老虎頭上拔毛。他開始盤算要怎麼把小偷抓回來。

突然間電話又響了，原來是劉達郎來的電話。

「老大，明天晚上，簡盛義議員請吃飯。」劉達郎以前在茂林的貨運行當司機，離職後生意做得有聲有色，最後還選上了議員。他與茂林交情不錯，離職後還是經常來往。

「明天晚上，不行，我要去台南抓小偷。」茂林直接拒絕了劉達郎的邀約。這時候他根本沒有心思參加飯局。

「是發生什麼事？」劉達郎聽到「小偷」，趕緊地問道。

茂林簡單扼要地說明了情況，劉達郎卻是聽得捏了一把冷汗。「老大，我看四十萬給他就算了。你現在生意做這麼大，也不差這麼一點錢。抓賊要出了什麼事，怎麼辦？」劉達郎建議茂林不要冒險，還是以安全為考量。他的建議是理智分析的判斷。

「幹，我也不是差這四十萬。實在是這些賊太過分了，沒有抓起來實在不行。」茂林顯然是感情用事，他不是沒有錢，而是不能接受被小偷勒索。

「既然這樣，我也不勉強你，總之要小心。」劉達郎又勸了幾句，知道沒有辦法改變茂林的想法，只能勸告他注意安全。

茂林內心深處一向鄙視這些宵小。雖然他不再逞凶鬥狠，但是讓這些宵小欺負，他是萬萬不能接受的。如果把這些錢白白地送出，茂林可是連晚上也睡不著覺，他不可能吞得下這口氣。

打定了主意之後，茂林立刻打電話到熟識的製紙工廠，要求做一些鈔票大小的紙張，接著思考要陪他一起去台南的人選。除了他之外，最少還要帶一個司機去把卡車開回來。當然，武器也是必須的，帶槍去是最好的，但他自己沒有槍，於是打電話去新莊分局請求派一名警察與他同去抓賊。可是，警察局拒絕了他，說什麼台南不是他們的分管區域，不能越界抓人，應該請台南當地的警局幫忙。茂林與警察交手過不少，他知道警察通常考慮自己的性命要比維持社會秩序更多，所以他也不勉強對方。而且，每個分局管區有限，也是實情。這時家裡突然來了一個訪客胡火鍊，年歲小茂林不少，也曾坐過牢的青年人。

「老大，你是在忙什麼？」胡火鍊也不等茂林招呼自行坐了下來，抽起烟來。

他過去殺死人，被判了無期徒刑。出獄後，在工廠上班，一個月只能賺兩萬多。茂林見他確有悔過的決心，所以將他帶入建築業。在茂林的幫助下，他日子越過越好。今天是串門來的。

「幹，我的車被偷了，我要去台南抓賊……」茂林口氣激動，向胡火鍊簡單描述了他的計畫。

胡火鍊一邊聽一邊點頭，最後說道：「我跟你去吧。反正我老婆明天正好要回娘家，她也是台南人。」他一直感謝茂林對他的照顧，聽到茂林要去抓賊，便想趁機會還他人情。

「你要去最好啊，我還在想要找誰一起。」茂林起身拍了拍他肩膀，眼神頗有期許之竟。他知道抓賊有一定的風險，只要一個不小心就是刀槍相向，火鍊在黑社會混過、又坐過牢，膽識很足夠又會打會拚，的確是一個合適的人選。

「這些賊沒有給他們一些教訓是不行的，居然敢跑到這裡來偷車。我看被偷的人一定也不少。」火鍊的口氣很狂妄。他坐了十幾年牢，對竊賊的習性也有一定的了解，同樣不把竊賊看在眼裡的。

於是，茂林決定開兩輛車去抓賊：一輛車由江隆昌開，載著自家公司的司機，負責去把車子開回來。一輛車由火鍊開著，載著他老婆跟茂林，負責抓賊。江隆昌的車跟在後頭，如果抓賊時出了什麼事還可以報警。

隔天中午，茂林坐在家裡等胡火鍊的同時，再次檢查要帶去的東西，包括防身用的電擊棒、催淚瓦斯槍、警笛，以及裝著假錢的皮箱。過了一會，胡火鍊如時帶著他老婆開車到來。這時江隆昌已在五股交流道等他。茂林擔心對方派人在家門口觀察他們的動靜，特意選擇在五股交流道會合，以掩人耳目。

從台北出發到台南大約要四個小時，茂林與火鍊一路閒聊也不談抓賊的事。火鍊的老婆還以為要回娘家，全然不知即將到來的火拚；江隆昌的車則在後頭保持一定的距離跟著。

一切事情都挺順利，沒想到快接近台南的時候，卻因為車潮過多，兩輛車走散了；茂林到了新市交流道後，怎麼都等不到江隆昌的車，與竊賊約定的時間又快到了，只好先打公共電話跟竊賊聯絡。

「你們車子往前開，過了一個紅綠燈後有一個大十字路口，在那邊打閃光燈，我們會有人去跟你接洽。」竊賊下完指示後掛上電話，茂林跟火鍊兩人按照指示開到前面的路口，果然看到穿著藍色背心的中年男子騎著摩托車，左顧右盼後才鬼鬼祟祟地靠了過來。

「你們是台北過來的？」那名中年男子敲了敲車窗，低聲地對坐在副駕駛座的茂林說。

「是啊！」茂林不動聲色地回答。

「有沒有帶錢來？」中年男子眼神閃爍問道。

「有啊。」茂林用手指著他帶的皮箱。

「有帶警察來嗎。」

茂林用手指了指兩人：「我們沒有帶警察來。這個是司機，後面那個是他老婆。」心想對方還是怕報警，轉而問道：「我的車沒有問題吧。」

「這個你放心。」

「不然，你坐我們的車，帶我們去看車。看到車錢就交給你。一手交錢，一手交貨。」茂林一臉和善地說，就怕對方不肯坐上車來。

這個穿藍衣服的中年男子，看後座還坐著一個女人，警覺心大大降低。點頭答應之後就把摩托車放在一旁，開了後車門坐了進來。

「等我一下，開車坐了好久，先去一下廁所。」茂林趁這個機會假裝上廁所，觀察附近的情況。他發現還有一台車停在後面，車上坐了四個人，顯然是一伙的。

火鍊按照這名男人的指示一路往前開，茂林透過後照鏡看到那輛車一路尾隨，更加確定是一伙人。過了十多分鐘，車開到富安街，照著指示往右轉，茂林一看是二百二十一巷，走了二百公尺，果然看到了熟悉的大卡車。

火鍊把車停了下來，這時應該是交錢的時候了，茂林看了後照鏡，另一輛車也停在車後不遠處。

「我說這位先生……」茂林回頭看著竊賊對話，準備先下手為強。

「怎樣？」小偷看起來相當不耐煩，口吻焦躁地回應。

「再怎麼說……四十萬元也是一個大數目……我們公司也只是小本經營，你看給你五萬元可以嗎？……」茂林右手已經偷偷伸到衣服下，但仍是一臉笑容。

「幹你娘，你是在講什麼，看到車才跟我說五萬元。你是在把我當傻子啊……」他的口氣很凶，但完全沒有意識到茂林的舉動，以為對方只是要跟他砍價。

「我知道大家都需要錢，可是你看我們公司也有很多員工要養……」話說到此處，茂林突然抽出腰間暗藏的電擊棒，一把指向對方的頭。

「不要動！」茂林的吼聲有如雷鳴，電擊棒嗞嗞作響，嚇得小偷雙手高舉，不敢輕舉妄動。與此同時，茂林趕緊伸手搜出了竊賊藏在腰間的刀子。

情勢急轉直下，茂林頓時控制住了局面。火鍊的老婆坐在一旁，看到這種局面，嚇了一大跳。

「火鍊，開車……」茂林拿起警笛猛吹，嗶嗶嗶的聲音響徹雲霄。他為了嚇住後面那一台車，製造是警察在抓賊的假相。

「沒問題，抓緊了！」火鍊踩上油門，將車子從巷子開到大馬路，速度飛快地找著警察局。茂林一邊緊盯著被壓制的那名男人一邊確認後頭的狀況，他看到另外一台車子沒有跟上，應該是中了他的欺敵之計。

過了好一會，火鍊終於在路旁看到了一間警察局，立刻將車停在警察局門口。茂林一手拿著電擊棒，一手押著小偷往裡頭走：「抓到一個小偷，趕快過來處理，是偷車賊！」

坐在值班台的員警看到茂林全副武裝、威風凜凜地抓著小偷進來警察局，還沒弄清楚他的身份，手忙腳亂地從值班台後面跑出來朝他敬禮：「長官辛苦了，不知道您是哪個單位的？」

茂林被他的舉動搞得啼笑皆非。「先別管這個，趕緊把小偷銬起來。」接著有兩名警察過來把竊賊接了過去，茂林才鬆了一口氣。

「我是從台北來的，這個賊是偷我公司車子的人，我的車子現在還在富安街二百一十一巷……」茂林花了一點時間解釋事情的來龍去脈，並要求警方前去富安街抓人。

局長見到有人親自抓住竊賊送上來，非常高興。他知道這個功勞可以記在他們警局身上，趕緊派了人出動抓賊。

這是一個專門偷大卡車的集團。前前後後已經有二十三個人受害，他們都乖乖交錢了事。茂林是第二十四個失主，但他可不像之前的人一樣忍氣吞聲，反用計智取竊車賊，讓他們栽了個跟斗。警方依照這名竊賊提供的訊息，將集團成員悉數逮補，破了一個大案。茂林沒料到自己的無意之舉，居然破了這案子。也算為同行做了件好事，為社會立了一功。

07　重生

08 蛻變

隨著十大建設逐漸完工，台灣經濟也步上了一個新的台階，有了發達的交通、港口運輸系統以及現代化的鋼鐵與石油化學工業，形成了重工業與輕工業搭配的較完整工業體系。民國七十年左右，對外貿易額已突破三百億美元，躍居世界第二十一位，確立了臺灣經濟的實力與地位。

隨之而來的是，經濟連年快速增長，老百姓們的荷包相當寬裕，房地產也快速增長。在七十年代中期到八十年代，每年漲幅都在百分三十到四十之間，這讓長年在建築業打拚的茂林也受惠於這股風潮，出獄後勤勉工作攢下的一些積蓄，這時都用來買地、蓋房，他的財富也隨之快速累積。

「小蔡，你有興趣去台東看地嗎？」茂林一邊吃著龍蝦，一邊跟蔡正諒聊著。今晚是國際獅子會的一個晚宴，茂林跟幾名朋友都受邀到一間高級餐廳聚餐。幾年前茂林就被邀請加入獅子會，有事沒事跟著一幫獅友聚會吃飯、交換一些生意上的心得與消息。國際獅子會是全世界最大的服務組織之一，總部設於美國，旨在服務社會、幫助需要幫助的人。茂林雖然不太了解社團的意義，但聽朋友說在這裡可以多認識一些生意伙伴，也就加入了。

「老大，台東的房地產有前景嗎？」蔡正諒年紀比茂林小十多歲，一副精明的樣子。他家住新莊，家底厚實，雖然沒有從事實業，但投資經驗相當豐富。已與茂林合夥在台北買了好幾次地了。

「我看台北土地已經漲得這麼驚人，再買台北的土地不是說不行，不過，投資外縣市的土地，應該會漲得快一點。」茂林摸著他日益變大的將軍肚，眼神中透露著睿智。經常應酬導致他中年發福，再也不是那個精實強壯的年輕人了。

「阿不拉桑，你眼光不錯啊。我也是有這個想法。」林正義一杯酒還沒喝完，聽茂林說起東部的房地產前景趕緊搭話。他是新莊獅子會的會長，年紀比茂林小幾歲。

林正義雖然沒受過日本教育，但仍以日文來稱呼茂林。這種現象在老一輩的台灣人之間並不少見，可以說是日本殖民統治的成果之一。其實日文中並沒有「游」這個漢字，林正義所說其實是「油」的日語發音，但這種不正式的稱呼也沒有人在乎。

「你們說的是有道理，不過，那裡我們人生地不熟，要怎麼找地。」蔡正諒進一步接著說。

「這個你不用煩惱。全台灣不論哪裡我都有朋友。要找地不是問題。台東我曾經住了六年……」茂林又開始說起他全台灣闖透透的事蹟，這些朋友早已聽他說過不下數遍，但尊重他年紀大，也不打斷他。

「阿不拉桑，下港應該也可以去看看吧。」林正義右手托著下巴說道，他今晚喝得不少，已有幾分醉意。

「下港也可以啊。上個月我才和金本去看過台中的地。前幾天有一個朋友，也在問我台南的土地有沒有興趣。」茂林聽林正義說到中南部的土地更是眉飛色舞。金本是茂林的另一個朋友，也幾常與茂林一起投資。由於土地的投資成本太高，茂林的策略是找幾個朋友合夥買一塊地，然後，把錢分散投資在不同的地皮上。他雖然沒學過經濟學，

．游茂林參加獅子會時所攝，風華正茂

但憑著多年做生意的經驗，也知道把雞蛋放在不同的籃子裡。

「好啊。不然，我們安排一個時間去看看，就當是遊山玩水。」林正義臉都紅了，話說得更大聲了。

「正義，你也有興趣啊。一起去看看吧。我路比較熟，我做司機好啦。」

「開你的賓士，還讓你當司機，不好意思啦！」

「不好意思什麼。油錢也沒多少。」

一名帶著金框眼鏡的中年男子默默地聽著茂林一伙的談話。這時再也忍不住，說起了他的觀點：「會長、游先生，我們第一次見面，這樣說或許不合適，請你不要見怪，就當作閑聊。依我的看法，台灣東部雞不生蛋，鳥不拉屎，雖然短期來看土地有一定的升值空間，但沒有足夠的人口與經濟支持，要買土地，還是要小心。」

「不然，你看投資什麼合適。」茂林還沒來得及說話，蔡正諒已經發問。

「我看股票會有更大的收益。對照日本股市的經驗，台灣股市起碼會漲到一萬點……」他滔滔不絕地地談著股市種種，引起了同桌的幾個人的討論。有認同股市的發展前景，但不同意會升到一萬點的；也有認為一萬點還過低，可以漲到一萬二的；也有不認同股市前景的。在「台灣錢淹腳目的年代」大家都在試著讓自己的資產更快速的翻倍。一聽到投資，大家都充滿熱情。

茂林雖然聽過不少朋友說過股票這個東西，但他不知道該如何玩，也不想要一天到晚去關心那個紅紅綠綠的曲線。他是靠著土地致富的。儘管他不了解土地供給量與城市發展之間的關係，但他小時候家裡就有不少地，長大後每個兄弟也分到了一些地。後來兄弟們也有賣掉一些地來換取金錢。而他賺到錢後又把那些「祖地」們買了回來。這些祖地後來都漲了不少，大把的銀子又促使他又買了更多的地。

說到底，茂林的本性裡具有農民的特質，對於土地有特別的感情。總認為土地就是最好的資產，即使賣不出去，也能看得到、摸得到。最慘的情況下，還能種點菜、稻米什麼的。不過，他他知道自己的年紀大、學識少，還是耐心地傾聽同桌的觀點，希望與時俱進。於是，晚宴就在股市、房地產等話題的閑聊中結束了。茂林與蔡正諒、林正義等人也約定了時間，一邊看地，一邊遊玩。

一周後，茂林與林正義、蔡正諒從五股交流道出發，一路沿著高速公路開過去接基隆的省道，這時基隆正在下著風雨，但大夥的心情並未受影響，氣象預報說東部的天氣非常好，一點也不用擔心。而沿著道路一直前進之後，很快地來到了九彎十八拐的地方，擔任司機的茂林耳聞這裡風景優美又難開，早就想要一睹風采。

「幹，果然是聞名不如見面，九彎十八拐真的有夠漂亮。」茂林一邊開一邊說，這裡的道路可說是千迴百轉，更別說還有許多砂石車和大貨車來回穿梭，道路的外頭就是翠綠的山脈與森林，讓大家心情相當好。

離開了北宜公路之後，茂林等人到了宜蘭，當他們看到廣闊的海洋與優美的海岸線後，沿著蘇花公路直直開下去。

與北宜公路不同的是，蘇花公路沿途都是廣闊的太平洋與高聳的海岸線，這讓眾人的心中又是另一番體悟，無垠的海洋連接著無雲青藍的天空，就像一片地毯般迎接著眾人。

「游大哥，一路辛苦了。」一名個頭挺拔、長相俊秀的男子跟茂林碰著杯。他叫馬慶安，父親是外省人，國語說得相當標準。總是叫茂林「游大哥」，而不像其他人叫「大ㄟ」。

「多謝，多謝，怎麼這麼功夫，帶我們來這裡來吃。我們都是自己人，不用這個客氣啦。這個是蔡董，這個是林董……」馬慶安在一間裝修豪華的餐廳裡幫他們接風。他本是茂林的舊識，經茂林引介，從台北跑到台東的一個建案負責銷售。在台東他又認識了一些當地的朋友，這次把茂林請到台東來，是要做起仲介的生意。

餐桌上擺著的盡是海鮮，包括肉質鮮美的黑鮪魚、台北少見的翻車魚拼盤、牡丹蝦龍蝦之類，都是海味的上上之選。茂林替他們雙方簡單做個介紹，便大吃特吃起來。酒過幾巡，才開始談正事。

原來這塊地是台東當地一名郭姓省議員與另一位朋友所共有，位於漢陽北路附近，大小約四五千坪，一坪要價二萬。

漢陽北路不是特別靠近市中心，但據馬慶安所說，地皮方方正正特別漂亮，緊鄰著二十米的馬路，極具升值潛力。可是，他也指出二萬元的價格遠高於市價，還有議價空間。雖然他很想做成這筆交易，但也不是一味地往好的說，挺為茂林的利益考慮。

茂林買地看重的是升值潛力。這首先要考慮的便是台東市的市區整體規劃，例如，這塊地屬於什麼區，是否會都市變更，其次則是交通是否便利，有沒有馬路經過。馬慶安介紹的這塊地屬住宅區，買了立刻可以蓋房子，旁邊又有二十米的馬路可供出入，的確是一塊漂亮的地皮。如果他所說完全屬實，茂林他們的工作只是去看一眼，然後把地籍資料調出來確認，最後再討論價格而已。

馬慶安為人隨和，與林、蔡二人也挺談得來，還安排了續攤。不過，茂林卻以舟車勞頓，正事未辦為由，委婉拒絕了馬慶安的安排。事實上，與其聲色犬馬，他更寧願與老友敘敘舊。他趁著談生意的空檔，打算多見些朋友。

茂林回到旅店簡單梳洗，開著車獨自往黃聲文家去。直走，左轉，不到十分鐘，便找到了巷子內的二樓。台東市雖然有了很大變化，但城區的基本規劃未變，茂林看著還是那麼熟悉。

「茂林，你現在生意是越做越大了。」黃聲文剛從岩灣的退休，夫人還在縣政府上

· 游茂林金婚照

班，見茂林從遠方而來，高興得不得了。

「哪有，哪有，都是靠朋友照顧啦。」茂林呵呵笑著。

「我們誰都沒有想到，你今天會有這麼大的成就啊。」黃聲文一邊泡著功夫茶一邊說道。他是北方人，來台灣住久了，也學會了喝高山茶。

「我哪有什麼成就，就是混口飯吃。你做公務員也很穩定啊。嗯，這茶不錯啊。」茂林品了一口，溫潤的茶香立刻充斥他的嘴中。

「王曾三司令講到你就稱讚得不得了。幾年前他來台東玩，我見到他，他還一味地誇獎你。」

「呵呵，王指揮官人真是很好。他調去板橋職一總隊做總隊長，我開車去找他，他還特地抽空與我吃飯。一個少將對我們這樣，真的是不簡單啦。」

「說實在的，他真的很看起得你。一直說你可以作為隊員的榜樣，是管訓隊員成功的典範。」黃聲文看到茂林的變化，也是相當的感嘆。他怎麼也想不到，一個無期徒刑犯，今日會西裝筆挺，開著賓士車，儼然一副大老板的樣子。

「我哪有什麼成功啦。」茂林雖然說得很謙虛，但心裡著實高興，黃聲文的話讓他很受用。

「你這樣不算成功，怎麼樣才算成功。一百個管訓隊員也找不到一個你這樣的。你自己也知道，出來又進去，出來又進去的實在太多了。」黃聲文說的並不誇張，如果不是茂林過人的意志，他的環境、人際關係網路，都很難讓他轉變。

「你也知道，我關了這麼多年，再這樣下去也沒有什麼意思。指揮官，還有你們大家對我這麼好，我再進去也沒有臉見你們啊。對了，你有孫禎指揮官的消息嗎？」孫禎在茂林出獄前就調走了，回歸社會多年卻一直沒有聯繫上。茂林的內心始終非常感謝這個高大威嚴的山東軍人，沒能再見他一面，讓他看到自己今日取得的成就，始終感到遺憾。

「聽說他退伍後，移民到美國去了，我也不太清楚。這是上次我們一個聚會聽人說的。」

「去美國啊，那看樣子要見他很難了。」茂林深深地嘆了一口氣。

「你這次來台東是來玩嗎？有空我帶你去轉一轉。」黃聲文熱情地邀請，他退休了，也沒有什麼事幹，與老友玩玩也是樂事。

「我和幾個朋友來看一塊地，在漢陽北路附近。」

「漢陽北路那一帶近年來發展比較快……」黃聲文也不甚了解房地產的事，但他熱心地提供茂林一些所知的消息。他的妻子在縣政府上班，多少聽過一些市政規劃的事。

兩人久未見面，一直聊到深夜，話題多半圍繞著過去相熟的共同朋友。兩人交情雖然不錯，但共同的經驗仍是停留在岩灣共事的那段期間。

隔日茂林與林正義、蔡正諒去看了地之後，立刻把它買了下來，成交價一萬六千五，要比對方的開價低了三千五百元。本來茂林出價一萬六千元，但對方使出酒店攻勢，在拳皇交錯、胭脂粉味環繞下，茂來等人沒有挺住一萬六千元的底線，被對方多要了五百元。一坪五百元，五千坪就多了二百五十元萬。這一頓酒真的是非常貴。但受酒精發散影響，再加上美人在抱，為了面子也就不好堅持了。不過，一年後茂林等人以每坪三萬二千元的價格賣出，也不差這一點錢了。

在漢陽北路吃到甜頭後，茂林等人在東海國中附近又買了一塊地，後來更往台東縣進軍，在成功鎮三仙台也出了手，甚至一路往北買到花蓮玉里鎮、吉安鄉，花蓮市區的建國路等等。這些地皮有大有小，大的上萬坪，小的幾百坪，有住於鬧市的商業區，也有一片水稻的農業區。買市區的土地不算什麼，但看好一片荒野的田地，就要一些勇氣與投資眼光了，但茂林買地與他平時做事一樣，一旦看準了便不計後果，展現了不凡的膽識。

總而言之，茂林怎麼也想不到在台東岩灣管訓六年的經歷，居然成為日後致富的契機。

相較於其他人，他對台東更有地緣感情，雖然他不再住在台東，但台東在他心裡是很近的，而且，在當地有不少朋友，所以，他能得到更多的資訊，更敢買台東的土地。要一個人投資離家五百公里遠，人生地不熟的地方是不太實際的。有一些朋友請教茂林的致富之道，問他為什麼會到台東那麼遠的地方去買地，茂林的回答是曾在那裡管訓過六年。這個成功經歷，看來是不易複製的。

傳統的中國人飛橫騰達之後，總是要衣錦還鄉，讓老家的鄉親們看看他所取得的成就，也能沾染一下他的喜氣，給家族增添面子。這時茂林要提升社會地位就必須要打破人際往來的「交換」平衡。也就是「給予」的多「回收」的少。不論是表現在紅白喜事的隨禮，或者請客吃飯之上。

茂林當然不懂得影響他行為背後的那套原理，但出於面子、虛榮等心裡，他賺了大錢後也積極參與地方上的公共事務，回饋社會。例如，向當地的祖師廟大量捐款，幫助重修土地公廟，甚至加入廟宇的管理組織。有幾次他還當選了爐主，負責當年的祭祀活動，把建醮活動辦得像個盛典。

傳統士紳經常會辦義倉、義學幫助一些貧困子弟，而今有義務教育，無需再辦義學，茂林就直接向學校捐獎學金，鼓勵那些功課好的小孩。可是，與一般的獎學金不同的是，茂林捐給明志國小的獎學金，是用自己的血淚與青春換來的，對於學生來說更具有啟示意義。

一日，茂林參加當地一名長者的喪禮。作為當地的成功人士，茂林參與紅白喜事的機會特別多，那天逝世的長者，與茂林頗有交情。他不只去上香，還主動承擔起招待的事宜。

在道路的一旁，悲傷的氣氛籠罩著一處寬廣的竹棚子。竹造花圈沿著通往竹棚的道路夾道擺設，以黑色穿著為主的人群緩緩地往竹棚處集中，不時還可以看到幾名年邁的長者頻頻拭淚，腳步不穩地由人攙扶前進。

茂林穿梭在人潮之間，除了幫忙管理秩序外，也趁著這個機會與久未謀面的朋友問候，敘敘舊。在茂林與鄉長打招呼的時候，突然看到一個熟悉的面孔，好像黑影一般晃了過去。可是，他怎麼也想不起來在哪見過。在社會上有時少點個頭都有可能得罪人，茂林試著努力回憶這個人的訊息，但一位鄉民代表的搭話又分散了茂林的注意力。

「叔啊，你來這麼早啊。」這個代表名叫李俊民，年紀小茂林甚多，總是叫茂林「叔啊」。他們之間沒有親戚關係，尊稱「叔叔」只是一種擬親屬交往的表現。

「我早就來了啊。你那麼忙也抽空來。不錯不錯，這是應該的。」茂林的口吻頗有期許之意。

「再沒空我也要來啊。你好，你好。」李俊民深諳選舉之道，知道要獲得選票絕對得跟當地的望族打好關係，喪禮事實上提供了一個施展的機會，他一邊跟茂林問候，還忙著跟旁人打招呼。

「好啦，你先去上香，等一下再聊啦。」

為了趕在吉時下葬，告別式很快地展開了。死者的親屬，披麻戴孝，依照五服遠近，分別向死者叩拜，然後才輪到友人致意，死者的子女則在靈前回禮。直到全部儀式完成後，靈柩才被枱上靈車，開往公墓下葬。

忙到這時已近中午，茂林總算有機會坐下來休息一下。一些年紀較長的長者，與他一起圍著泡茶，等著待會再搓一頓。年紀較輕的一輩，則三三兩兩站在竹棚旁抽著煙，閑聊著。

「今日這個場面也算不錯了，場面弄得挺大，面子算是做足了。」茂林拿起一把茶葉放進一把紫沙壺，一邊說著。

「不錯啦，鄉長也來啊，立法委員也來了，很有面子啊。」這時悲傷的氣氛早已一掃而空，這些人已經在為今日喪禮做總結了。

「那個孝女白琴實在真會哭喔……」一名老者接著說。

此時，茂林起身幫眾人倒茶，完全沒有注意到後頭有一個漸漸靠近的身影。坐在茂林對面的人看到一個身影漸漸靠近也不以為意。突然間後頭那抹黑影跨步衝向前，右手從外套中抽出木工用的鑿子，使盡全力插進茂林的頸椎。

茂林被這股衝擊力，猛然推倒在地，頸椎被刺的傷痛，一下把它拉回了當年後腰被槍打中的感覺。他意識到這是有人在偷襲，一股本能的求生意志，讓他奮地而起，隨手抄起旁邊檳榔攤上的檳榔刀就要反擊。

與此同時，站在一旁的游家晚輩，游建豐、游建興等人，見到叔叔被暗殺，早已衝上前去奪下武器，將那名大膽鬧事的傢伙打到在地。

一旁的女性親屬，茂林的侄媳婦見茂林就要動手，趕緊抱住，急勸不要。他們知道茂林的性子，一旦出手，後果便不堪設想。

被按倒的人正是早上茂林看到那個熟悉的臉孔，他正被一群年輕人撲上來痛毆。茂林看著他倔強不屈的眼神，剎時便憶起他的身份。這個充滿仇恨的眼神，正是當年看著他媽媽被茂林所刺的眼神，原來他是來報殺母之仇的！

早先已有人跟茂林透露消息，說臭吉仔姘頭的小孩林泰宏要報仇，要他小心一點。茂林已經在提防了，可是他並不識得對方，最終還是被得了逞。

現場茂林的親戚、晚輩著實不少，他們看到茂林被偷襲相當氣憤。再加上，林泰宏已被打倒在地，沒有還手的餘力，個個奮勇爭先，往死裡打。茂林見狀反而擔心林泰宏被打死，連累了這些替他出頭的晚輩。

「放他走！」幾個年輕人還想追出去繼續打，但茂林出聲將眾人喚回，林泰宏才得逃出了現場，留下一條活命。

「還是趕緊送去醫院比較重要。」有一些反應快的朋友打電話急忙打電話叫救護車。

「哎唷，血怎麼流這麼多。」看到茂林衣服都染紅了鮮血，一旁的晚輩不禁大叫。過了一會，救護車在一鳴一鳴的鳴笛聲中抵達現場，將茂林送往林口長庚醫院搶救。經過一番治療，終於保住了茂林的性命。也是茂林命大，如果這一刀再偏個三吋便會刺到大動脈，可能會失血過多而死。

茂林在當地算是有頭有臉的人物，他被偷襲之事很快便傳開。黑白兩道的朋友紛紛前來探病，將醫院擠得水洩不通。周振全年紀雖大，但火氣不小。得知此事，派了一群小弟到對方家裡去圍堵，嚇得林泰宏不敢回家。

失去母親的仇恨促使林泰宏去暗殺茂林，可是，他沒料到事情的後果會這麼嚴重，直到這時才害怕起來。他是做鋁門窗生意的，在當地也認識不少人，委託了許多社會名流來跟茂林講情，其中包括不少與茂林有交情的蔡詩祥、鄭余鎮、簡盛義、李有信等人。

茂林在地方上是有頭有臉的人物，白叫人殺了一刀，以後要怎麼在社會上混？

茂林妻子的話最有道理：「我丈夫關了十八年，國家的法律已經給他最大的懲罰了，他憑什麼還來報仇。不然，關是關假的！」

事實上，茂林無需尋求私人途徑解決，只要按照法律程序，林泰宏起碼要關個十年八年。

茂林的內心也很掙扎。他已經服了十八年刑贖罪，但是這十八年的刑期並沒有根本解除他內心的罪惡感。

茂林本人與林泰宏的母親並沒有仇，本無心置他於死，是失手造成的結果。他在江湖上打滾多年，對自己的所作所為都無愧於心。他也不認為自己為朋友殺警察有什麼錯。從義理上來說，他是站得住腳的。而且，有不少人敬佩他的行動。唯有這一件事，他始終不能釋懷。有時想到自己終結了一條無辜的生命，也相當自責。而今林泰宏來暗殺他，他反而沒有了負罪感，還覺得還了一條生命的債。另一方面，茂林也佩服林泰宏的膽識。他本人是重義氣之人，雖然被林泰宏暗殺，卻也不痛恨他。他理解他是在為母報仇。

最終，茂林的愛戰勝了仇恨。他決定不尋求私人或者法律途徑解決。他做面子給那些來講和的朋友，讓林泰宏擺幾桌酒，邀請地方上有名望的人物坐陪，認錯道歉。

這是以德報怨，化解怨仇之意。

林泰宏賠償了不少醫藥費，但茂林沒有收下這些錢，如他所說的又不是在「賣肉」。他把這筆錢捐給了泰山區明志國小作為獎學金，發放給那些愛學習的小朋友。希望他們能明白冤冤相報不是好的解決事情的辦法。至今，每年明志國小都會邀請茂林出席畢業典禮，頒發獎學金。

茂林的大度給他帶來了更多的威望。本來地方上的這些人士，是出於茂林的經濟實力，或者黑白兩道的關係而尊重他，但到了年歲漸長的時候，則更多是出於茂林的為人。

自台灣光復後，台灣的民眾就得到了更多的政治權力，但所謂民主的具體表現就是選舉。可是，中國人行為模式與西方人有很大差別，在選賢與能中，中國人更多選擇與他有直接接觸經驗的那些人。換言之，與個人關係越密切越有利，直系血親是首選，其次是親戚、同宗，接著是朋友，甚至朋友的朋友，乃至於具有共同地緣關係、共同經驗的對象，完全沒有關係的人很難獲得選票。

游家在泰山地區雖稱不上望族，但人數眾多。茂林雖不是族長，但卻是游氏宗親中在社會上比較活躍的人物。而且，他在地方上，人面很廣。這使得每逢選舉之時，便有很多候選人請他助選。

早些年抓賄選不像今日那般嚴

・游茂林受邀頒獎

厲，有許多候選人都是直接用白花花的銀子買票。有一些候選人更是把整箱的鈔票搬到茂林家請他代為發放。但茂林總是交代得乾乾淨淨，絕對不會經手，留下酬庸。別人請他代發一千，他不可能只給八百。有時還把未發完的錢，退回給請他幫忙的朋友。當年民進黨尚未使用分化族群的選舉手段，拿到錢的選民，傾向投票該候選人。從投票所的計票中就能反應出茂林的作用。所以，這些社會賢達更是敬重茂林。茂林在地方上與這些政治人物的關係也是越來越好。

一日，茂林坐在客廳泡茶，一邊看著電視報導九二一大地震的災情。他已上了年歲，早停止了建築業的工作，光是吃租金就足以過活，根本無需為生計發愁。唯一的麻煩是他應酬過多使得身體狀況越來越差，曾做過兩次心導管手術，將他從死門關救回來。當他在了解大地震的死傷狀況時，家裡來了客人，是住在附近的廖太太。

「來坐，來坐，今天怎麼有空過來，喔，那個地震實在真厲害。」茂林急忙招呼，游太太聽到來了客人，也從廚房走了出來。

茂林的夫人張正鶴女士，在兒女長大之後，也熱心服務社會。擔任貴和社區協會理事長、成立泰山區的工商婦女協會、調解委員，經常舉辦捐血活動或者社區的活動，與當地的婦女也打成一片。

「哎唷，游太太我跟你說……」廖太太一臉愁容地說道，原來他們家的房子，也因為大地震造成了損傷。房子是在六年前買的，是「興和仙境」的一個五層樓。可是，地震後卻發生牆壁嚴重龜裂的現象。據說樓上樓下不少住戶也都有不同程度的問題。廖太太家境普通，好不容易才買了一間房子給兒子結婚用。如今發生龜裂也不知道會不會有更嚴重的影響。

「建商實在太沒良心了，偷工減料啦！」廖太太口氣很氣憤，把責任都怪到建商頭上。

「房子不會倒啦，不用煩惱，現在的房子都是用鋼筋建的……」茂林與妻子一起安慰廖太太，他們十分同情廖太太的遭遇。

「誰知道？不然，別人的房子怎麼沒有問題……」

一早上的談話就圍繞在地震的話題上，在廖太太不斷地抱怨中結束了。

日子一天一天的過去，茂林有時候和朋友地看看地，或者看上了自己買，或者做中間人為買主與賣主牽線，賺點佣金，日子甚是逍遙。有時候到朋友家泡泡茶，聽聽地方上發生的事，或者幫忙調解一些糾紛，生活也挺充實。

「最近在忙什麼？」茂林拿著兩箱水果到老李家串門。李家是新泰地區的望族。老李本人年輕時就當過當地的父母官，兩個兒子也都很有出息，是頗具前景的政治明星。茂林與老李年歲相近，一向談得來。

「坐啦，你那麼客氣幹什麼？來坐就好啊，還拿什麼東西。」老李滿臉愁容，看到茂林到來，勉強擠出一點微笑。

「朋友從台東寄來的，請你幫忙吃，這麼多哪吃得完。不然，你是在煩惱什麼？說錢，有錢，兒子還那麼將才。」茂林放下水果，坐在椅子說道。

「你不知道啦……」老李開始說起他最近的煩心事。原來那個興和社區就是他與兩個朋友一起合建的。現在全部的住戶已經聯合起來讓他進行賠償。其實他們已走上司法程序，法院判賠每戶五萬，但是住戶不肯接受這個條件。現在全體住戶在興和社區掛起白布條，打算將這件事鬧大，要求更多的賠償。

「原來你是在煩惱這個，這件事很麻

・游茂林與老友周振全到泰國遊玩

煩啦。」茂林早就知道這件事，那些住戶也委託了廖太太希望茂林代為解決這個問題。廖太太說，他們已找過所有可能的解決渠道。法院判賠的錢太少，他們當然不願意接受。找當地的調解委員會，沒有足夠的威信與老李談判。找當地的國大代表、立法委員、鄉長什麼的都被拒絕了。

事實上，老李是當地的大佬，實際上操縱著當地的選舉，這些人擔心代表他們前來談判會得罪老李，危及未來的政治前途。而茂林有一定的威望，所以把最後的希望寄託在茂林身上。

「是啊，那個社區是我們三個人合夥的。但是我家離那裡最近，他們就把所有的責任怪到我身上了。而且，我們也沒有偷工減料啊。如果偷工減料房子早就倒了，怎麼會只是龜裂呢？你說，哪間房子不會發生龜裂。」老李已悶了許久，這時把所有的怨氣都發洩了出來。

「我知道你當然不會偷工減料。你根本不差那一點錢。怎麼有可能從這裡去省錢。」茂林說的也是實話，以老李的實力，真的不差那一點錢。

「賠他們一點錢維修，他們也不接受。難道要我把所有的房子推倒重建？」老李覺得自己很冤枉，他認為是天災所造成的結果，不能讓他承擔所有的責任。

「其實他們社區的一些住戶也找到我這裡來，拜託我處理這件事情。可是，我哪有本事處理這件事。」茂林開始進入他今天的主題。

「是嗎？他們去找你啊，他們怎麼說？」老李一聽原來茂林也知道這事，他也想聽聽對方的條件。

「他們不過是想要錢，賠得錢越多越好。」茂林不想表現的像是代表對方來談判的，於是迂迴地敲著邊鼓。

「是啊，哪有人嫌錢少的。」老李不置可否回了一句。

「可是，我看這樣鬧下去也不是個辦法。我有一個解決方案，你看可不可行。」茂林相當謹慎地說出他的想法。

「好啊。你說看看。」

「這些住戶裡有一些是損傷比較嚴重的，有一些是沒有損傷的。但事情鬧到這個地步，顯然是有一些人在帶頭鬧事。」茂林又喝了一杯茶，觀察老李的反應。

「嗯，你說得有道理。」老李點頭表示贊同

「我看把這些帶頭的解決了，事情也就不會再鬧下去了。」茂林進一步說。

「是啊。」老李眼神中出現了一絲笑意，覺得茂林分析相當有道理。

「這些人現在在鬧事，主要就是擔心房子住不下去。如果現在有人還願意買他們的房子，你說他們還會再鬧嗎？」茂林終於提出了他真正的主意。

「的確不會，他們恐怕還會禁止別人鬧事。」老李接著茂林的思路說，看樣子他頗認同茂林的主意。

「所以，我看把帶頭的那幾個人的房子，以高於市場多一點的價格買下來，整個事情就可以解決了。」這時茂林看已得到老李的認可，沒有了疑慮，大膽地說道。

「你說的有道理。如果有人要買他們的房子，他們還會擔心買方知道地震對房子造成了破壞。為了促成這些交易，他們不只會把白布條撤下來，還會讓這個抗爭活動結束。」這時老李甚至認為茂林是為他著想的。

「是啊，就是這個道理。然後，沒有賣房子的這些人，一旦知道損傷嚴重的房子還能賣出市場價，他們也就放心了。也不會再尋求抗爭。」茂林接著分析另一群人的心理。

「是啊。其實他們的房子也沒有怎麼樣，只是因為有人在帶頭鬧，他們就加入。這些社區的管委會力量也真是不小。」老李露出了笑容，顯然覺得這個方案可以解決所有的問題。

「另外一方面，你把這些房子買來，等事情過去了，還是可以再賣出去。也不見得就會賠錢，說不定還能賺一點錢。後面這十八甲不是要重劃嗎，也有賺錢的可能。」茂林甚至幫老李分析買下的房子後的前景。如果老李本身也不怕房子買下之後砸在手裡，那麼這件事就可順利解決了。

「是啦，是啦。阿林，你說得太有道理了。現在看是要派誰出手去買他們的房子，用我的名義去買是不可以的。阿林，我看只有拜託你了。用你的名義去買，由我們公司出錢。這樣事情就可以圓滿解決了。」老李根本不在乎買幾間房子的錢，這遠低於他願意拿出來的錢。更何況如茂林所分析，買下的這幾間房子，還有可能以更高價賣出，說不定還能賺一點錢。

「沒問題。事情包在我身上。我們都是自己人，互相幫忙當然好。」茂林嘻嘻地笑，眼看著事情能夠解決，他也很高興。

「沒想到你想得這麼周到，你說你沒讀書，但是那些讀書的，都不如你的能耐。」老李也奉承了一下茂林。他知道茂林出的主意具有很強的可行性。

事情的發展果真如茂林所預料：當茂林出面表示有意買下那些帶頭鬧事的人的房子後，整個抗爭活動就結束了。這些人甚至比李老更害怕有人鬧事，讓他們的房子賣不出去。而他們的房子成交之後，其他住戶也安心了。畢竟大多數人的房子沒有什麼大損傷，而且要搬家賣房，改變生活環境什麼的，都是一件很麻煩的事。

老李雖然花了一點錢，但也不見得全虧了，他還有可能賺到錢。後來他還包了一個大紅包給茂林，感謝他為整件事情中所做的付出。所以，不論哪一方都感謝茂林。茂林用他的智慧與人脈，化解了一個地方上的糾紛。

儘管我們的社會設有各種組織，使得社會可以順利運行，但還是經常會遇到官方機構無法解決問題的時候。在這種情況下，有時候茂林可以依靠他的威望、人際關係網路來解決。這就是鄉紳在社會上扮演的角色，實際上它起著社會潤滑劑的作用。

但是，鄉紳並不總是這麼好扮演。有時候茂林也會吃虧。

王清標晚年的時候家境不太好。他年輕時雖然富甲一方，但沒有與時俱進，跟上社會快速變化的腳步。到了晚年，已無法負擔他富裕的生活。臨終前交代女兒，變賣一塊地給茂林，藉以籌措安葬費用。茂林年輕時欠過王清標的人情，當他女兒找上門來，明知道那塊地有產權的問題，而且沒有升值空間，但還是把它買了下來。也算還了王清標這個人情。

．游茂林與前總統陳水扁合照

人的行為並不總是依靠理智來判斷，更多的時候是情感在起作用。

如今，每天早上茂林都會到新莊青年公園運動，舒展舒展身體。這個公園沿著牡丹心山坡而建，離王清標賣給他的地相當的近，它規劃妥當的步道帶著遊客們深入大自然，除了脆綠的青山將公園團團圍外，下頭還有啞口坑溪和十八份溪相交插，環境相當幽靜。

「我跟你說，山下那一塊地就是王清標賣給我的。」這一天茂林帶著兒子一起到新莊青年公園來運動。他的四個兒女早已長大成人，兒子是博士，三個女兒分別碩士與大學畢業，也算是教育得相當成功。

「王清標是誰？」茂林的兒子好奇地提問。

「當初，我少年的時候……」茂林興高采烈又開始講述當年勇。人到了老年，都不斷在回憶年輕時候的經歷，這似乎成了他們渡過餘生的唯一憑藉。

「原來是這樣啊。你當初欠他一條情，買下他的地也算還清了。」茂林兒子一聽一邊點頭，顯然挺同意父親的做法。

兩人一路從上山走了下來，茂林是越講越有興致，這時已走到了壽山路口，這是一條由泰山通往林口的道路。

「你有沒有看到這一條路。這條路也是我建設的，當初這條路鋪上柏油，都是我的車載的。」茂林還不斷地說。

「我知道啊。你已經說過很多次了。」茂林的兒子顯得有點不耐煩。

「想當年，十多個警察在後面追我。我從老家的廚房，一路跑到這裡，幸好遇到一個看牛的小孩幫忙……」茂林看著車來車往的壽山路，似乎在回憶什麼。

「我知道啊。你已經說過無數次了，不然我們把記錄下來吧。」

「好啊，好啊。這樣最好了。」茂林似乎從這個建議中又找到了生活的一點動力了。

是啊，為什麼不寫成一本書呢？

・游茂林兄妹等人與大哥夫婦合照。左起游茂林、游阿烻、游問細，大嫂、游秋義、游祥銓、游茂宗、游式呈、游立鵬、游水源

後記

游國龍

每個人都有他的人生，或長或短。有些人的人生，重複著相同的步調，亦沒有發生什麼特別的事，可以用「一夜無話」簡單帶過。有些人的人生，一夜所發生的故事，怎麼都寫不完。此書男主角的情況，顯然屬於後者。

直闖警察局襲警，僅此一條，在現代的社會裡，就足以引起報章媒體的大幅報導。而游茂林過去所犯下的事蹟，絕對比現在的槍擊要犯要有過之而無不及，但這並不是促使這本書問世的主因。我們願意花那麼多時間記錄這些事，主要是認為它有警世的價值。但凡是人都會犯錯，而游茂林犯的錯，從其所被判的刑期來看，可以說是台灣社會的極致。可是，他出獄後並沒有成為社會的包袱，反而做出自己該有的貢獻。這即是我們想告訴世人的：「一個被法律視為窮凶惡極的人，也可以改過自新。」不過，必須指出的是，從社會道義的角度來看，我們也不認為游茂林是十惡不赦之人。他只不過表現出中國人傳統上最重視的義氣——為朋友兩肋插刀，在所不惜。對許多未違反法律，卻經常為了一己之利而出賣朋友的人來說，游茂林的精神反而值得敬佩。但在道義與法律之間應當取得平衡。

孫禎對游茂林的恩情，是促使他發生轉變的關鍵因素。監獄裡的各種刑罰都沒有徹底改變他。慘無人道的三年獨身房禁閉，頂多暫時使他收斂一點而已。游茂林一輩子都該感謝孫禎這個貴人的出現。可是，從另外的一個角度來看，孫游二人之間的私交也使得職業訓導隊多少失去了公義。不過，這就是中國人典型的行為模式。它會發生在游茂林身上，也會發生在你我的身上。我們很難輕易評述它。

日本應該不會再殖民台灣了，職業訓導這種機構也已經取消了，而台灣如今也民主化了。從現代的角度來看此書男主角的故事，也許會覺得距離特別遙遠。但他的故事，以及周遭朋友發生的事情中，的確反映出了台灣社會快速變革下的小老百姓真實生活。我們盡可能記錄下一切的事件，但由於年代久遠，為了使故事情節更加緊湊，也做了適當的調整。如果書中的人物背景與正在閱讀此時的您相似，請不要對號入座。畢竟從一個近八十歲的耄耋老人口中所述並記錄下的事件，離事情的真相肯定遙遠。

人生就像是一齣戲，從不同的角度看這齣戲所見都不會相同。真亦假時假亦真，只要看得開心，孰真孰假又如何？

後記

張廷浩

清早的土地公廟並沒有絡繹不絕的信徒，小房子中的冷氣發出微微的噪音，伴隨著我與游先生，今天是採訪的最後一天。說到此處，自開始採訪到現在已過了兩個多月，隨著每一個字句在錄音檔中重現時，我也更加認識這位長者，內心不禁浮現出一種複雜的情緒。

在我們尚未參與的年代裡，發生了這麼多莫可名狀的事情，也讓游先生的人生如此豐富、曲折，究竟是怎麼樣的一個緣分讓我們有機會相遇，能夠傾聽他為我訴說這一段段故事，回憶著那遙遠的時空。

我露出淺淺的微笑，細數著從認識游先生的這些日子，我們一同經歷了他的童年時光，徜徉在泰山一代充滿青山綠水的純樸時日；也咬牙撐過了日本人統治台灣的時期，充滿不平等與歧視的異族統治；歷經了對國民政府的期待與失望，已經長成茁壯青年的游茂林平和地度過二二八事件，卻因為打抱不平開啟了他日後逃亡與入獄的日子。

游先生說著說著似乎有些疲憊，喝著茶不再說話，只是靜靜地翻動著筆記，裡頭是他一步一腳印的過往：自首之後被送去看守所的生活、逃獄、被開槍打到腹部、獄方不人道的管理與虐待，都在裡頭有蛛跡可循。從台北轉送到台中又送到嘉義，接著送往台東、小琉球，幾乎可以說是全台關透透的生活，只有親身經歷才懂得的滋味。遇到一輩子的貴人孫禎上校、搭軍用登陸船去追捕高金鐘，在管訓隊服刑的歷程曲折豐富，也不失許多有趣的回憶。

而也就是在這段漫長的日子裡，他認識了這一生的伴侶張正鶴女士。比游先生年輕十一歲的游媽媽，因為朋友的介紹而認識這名浪跡天涯的男人，究竟是甚麼樣的原因讓她願意離鄉背井，到台東開理髮廳，足足等了他五年才結婚。

我想，這都是緣分吧！

假釋之後，游先生終於重獲了自由，能夠開始新的人生。秉持著一股男子漢的精神，拒絕了張正鶴小姐拿給他做生意的一萬八千塊，不畏辛勞地投入賣魚工作，存了一個月的薪水將她娶回家，組成自己的家庭。游先生誓言要追回自己失去的多年青春，讓張小姐能過好日子。

後來，游先生在朋友的介紹下做起了運送磚塊、整地的工作，從一間小小的公司開始，一直營業到現在具有相當規模，在業界也相當有口碑。而經歷了台灣經濟起飛、黨禁開放等歷史事件，游先生就在他出生成長的新莊泰山一代建立基業，養兒育女過著幸福的生活。

這樣豐富的人生充滿戲劇性，每一天每一夜都是人生不同的體驗，事業有成的游先生也積極回饋鄉里：擔任明志國小的家長會會長、贊助鼓勵泰山鄉捐血活動、加入土地公廟的委員會進行改革、獅子會活動、泰山飛彈指揮部的勞軍、資助盲人學校……以上種種都讓我見識到一名成功企業家的氣度，一種有能力者為社會百姓付出的精神。

不只在事業上有所成就，教育孩子也頗有成績。游先生家裡的四名子女各有發展，從小在母親的管教下有著傑出的課業，出了社會之後也在各行各業中盡忠職守、認真工作。

我無法克制內心的感動，自己何其幸運能夠採訪這樣豐富的人生，甚至還能將他的故事寫成小說，這也是一種緣分吧？

眼眶微微泛紅，鼻頭有些酸楚。以一名文字工作者來說，能夠碰觸到這麼精美的題材與故事，真得是難能可貴的一件事情。抬起頭來，游先生的表情依然祥和，溫暖的眼神座落在眼前的茶杯，也許他也在回憶吧？回憶自己的年少輕狂、回憶自己在獄中的日子、回憶自己在社會上打拚的點點滴滴。

「游……游先生，那……我們的採訪就先到這邊了……」說出這句話時，我不禁感到有種失落感，長達兩個多月的採訪要在今天畫下句點。

「是……是喔，好像也差不多了。這陣子你辛苦了，都這麼早騎車來新莊。」

「沒有啦，是你辛苦了，每天早上要這麼早起來陪我說話，還常常讓你請我吃早餐，真是不好意思……」即使到了最後，游先生依然是那麼的體貼，不禁讓我想起她女兒曾告訴我的那件事情：心肌梗塞緊急送醫的游先生，從昏迷中醒過來看到親人擔心的神情時，問的第一句話居然是：「你們吃飽了沒？」

讓人好氣又好笑，總是關心著別人的游先生。

「啊，對了，這……大概甚麼時候會寫好？」游先生指著我的筆記本詢問，想知道我甚麼時候會將他的故事寫好。

「我回家會先把所有的資料都整理好，然後寫一份大綱給你們看，估計每個月寫個兩、三萬字的話，應該要寫到明年五、六月吧？」從採訪到今天所獲得的資料和錄音擋看來，寫個十萬字沒有問題。

「喔……那真的是不容易捏，你們這樣工作也很辛苦……」

「沒有啦……我們現在都能坐在電腦前工作，哪像別的工作要在外面曬太陽四處奔波，這已經算是輕鬆許多了……」

「那……我也差不多要回去了。」也許是意識到天下沒有不散的筵席，我收拾好心情默默地將東西都收進包包，整理好隨身用品之後，游先生陪著我走到停車場，看著我戴好子。

「騎車回去的時候小心捏，外面車很多要注意。」

「恩，我知道啦，游爸爸你也要注意身體，開車也要小心喔。」

「好啦，再見了，再見。」在游先生的目送下，我騎著車踏上回家的路，帶著激昂的情緒和滿滿的記憶。

我知道，我會把游爸爸的故事寫成一本最精采的小說。

因為他的人生，就是如此精彩。

釀文學109　PG0803

從死囚到鄉紳

作　　者	游國龍、張廷浩
責任編輯	林泰宏
圖文排版	楊尚蓁、姚宜婷
封面設計	陳佩蓉

出版策劃	釀出版
製作發行	秀威資訊科技股份有限公司 114 台北市內湖區瑞光路76巷65號1樓 電話：+886-2-2796-3638　傳真：+886-2-2796-1377 服務信箱：service@showwe.com.tw http://www.showwe.com.tw
郵政劃撥	19563868　戶名：秀威資訊科技股份有限公司
展售門市	國家書店【松江門市】 104 台北市中山區松江路209號1樓 電話：+886-2-2518-0207　傳真：+886-2-2518-0778
網路訂購	秀威網路書店：http://www.bodbooks.com.tw 國家網路書店：http://www.govbooks.com.tw
法律顧問	毛國樑　律師
總 經 銷	聯合發行股份有限公司 231新北市新店區寶橋路235巷6弄6號4F 電話：+886-2-2917-8022　傳真：+886-2-2915-6275

出版日期	2012年9月　BOD一版
定　　價	290元

國家圖書館出版品預行編目

從死囚到鄉紳 / 游國龍, 張廷浩著. -- 一版. -- 臺北市：
醸出版, 2012. 09
面； 公分. --(釀文學109 ; PG0803)
BOD版
ISBN 978-986-5976-37-8(平裝)

857.7 101015599

讀者回函卡

感謝您購買本書，為提升服務品質，請填妥以下資料，將讀者回函卡直接寄回或傳真本公司，收到您的寶貴意見後，我們會收藏記錄及檢討，謝謝！

如您需要了解本公司最新出版書目、購書優惠或企劃活動，歡迎您上網查詢或下載相關資料：http:// www.showwe.com.tw

您購買的書名：________________________________

出生日期：________年________月________日

學歷：□高中（含）以下　□大專　□研究所（含）以上

職業：□製造業　□金融業　□資訊業　□軍警　□傳播業　□自由業

□服務業　□公務員　□教職　□學生　□家管　□其它_____

購書地點：□網路書店　□實體書店　□書展　□郵購　□贈閱　□其他

您從何得知本書的消息？

□網路書店　□實體書店　□網路搜尋　□電子報　□書訊　□雜誌

□傳播媒體　□親友推薦　□網站推薦　□部落格　□其他__________

您對本書的評價：（請填代號　1.非常滿意　2.滿意　3.尚可　4.再改進）

封面設計____　版面編排____　內容____　文／譯筆____　價格____

讀完書後您覺得：

□很有收穫　□有收穫　□收穫不多　□沒收穫

對我們的建議：________________________________

____

____

____

請貼
郵票

11466
台北市內湖區瑞光路 76 巷 65 號 1 樓
秀威資訊科技股份有限公司 收
BOD 數位出版事業部

....

（請沿線對折寄回，謝謝！）

姓　　名：＿＿＿＿＿＿＿＿　年齡：＿＿＿＿　性別：□女　□男

郵遞區號：□□□□□

地　　址：＿＿＿＿＿＿＿＿＿＿＿＿＿＿＿＿

聯絡電話：(日)＿＿＿＿＿＿＿＿(夜)＿＿＿＿＿＿＿＿

E-mail：＿＿＿＿＿＿＿＿＿＿＿＿＿＿＿＿